KB032521

국어시간에 소설읽기 2

국어시간에 소설읽기 2

전국국어교사모임 엮음

Humanist

국어 시간에 가장 많이 읽는 책

전국국어교사모임은 신나고 재미있는 국어 수업을 만들기 위해 20년이 넘게 애써 왔습니다. 특히, 중·고등학생들이 읽을 만한 책이 없는 상황에서 학생들이 즐겨 읽을 수 있는 책들을 펴내 청소년 문학에 새바람을 불러일으켰습니다. 학생들의 눈높이를 가장 잘 알고 있는 현장의 국어 선생님들이 엮은 '국어시간에 읽기' 시리즈는 학생들의 관심과 흥미를 살폈을 뿐 아니라, 학생들의 삶이나 현실과 맞닿아 있어 공감을 끌어낼 수 있었습니다.

우리 모임에서 청소년 문학으로 낸 첫 번째 책은 김은형 선생님이 수업에 활용했던 소설을 모아 엮은《국어시간에 소설읽기 1》입니다. 이 책은 나오자마자 청소년 문학 베스트셀러가 되었습니다. 학생들의 눈높이에 맞는 책인지라 수업 시간에 가장 많이 읽는 책이 되었으며, 여러 권위 있는 단체에서 '중학생이 읽기 좋은 책', '중학생에게 읽기를 권장하는 책'으로 뽑았습니다. 우리는 이어서《국어시간에 시읽기》,《국어시간에 생활글읽기》등을 차례로 펴냈고, 그 책들은 모두 현장 국어 교사들이 수업에 적극 활용하는 책이면서 학생들이 즐겨 읽는 책으로 자리 잡았습니다. 이후 아이들에게 더 많은 읽을거리를 제공하고 싶다는 바람으로 《국어시간에 세계단편소설읽기》, 《국어시간에 세계시읽기》, 《국어시간에 세계희곡읽기》 같은 세계 문학 선집도 엮게 되었습니다. 이 모든 읽을거리가 청소년들의 삶을 더욱 풍성하게 하고, 청소년들의 생각을 더 크고 넓게 해 줄 거라 믿습니다.

'국어시간에 읽기' 시리즈는 학생들에게 읽기의 즐거움을 맛보게 해 준 책입니다. 또한 청소년 문학 시장에 다양한 분야의 책이 나올 수 있도록 마중물 역할을 하였습니다.

'국어시간에 읽기' 시리즈를 통해 학생들이 세상을 이해하고 세상 속으로 한 걸음 나아가기를 기대합니다. 또한 우리 주변의 진솔한 삶의 이야기, 그 속에 숨어 있는 보석 같은 깨달음이 여러분과 함께하기를 바랍니다.

이 책들이 모든 사람에게 오래도록 사랑받기를 바랍니다.

전국국어교사모임

교실에서 펼쳐진 행복한 소설 읽기 풍경

요즈음 중학생들은 무엇에 가장 관심이 있을까요?
대체로 컴퓨터 게임이나 아이돌이나 걸 그룹에 관심이 많겠죠? 수업 시간을 제외하고는 스마트폰에 푹 빠져 있기도 할 테죠. 그런데 소설 읽기에 푹 빠져 있다고 대답하는 친구들이 있다면 여러분은 어떤 반응을 보일까요? "맞아, 나도 그래!" 이럴까요, 아니면 "에이 말도 안 돼."라고 핀잔을 놓을까요?

최근 10여 년 동안 청소년을 위한 소설들이 제법 출간되었습니다. 영화로 제작되어 꽤 성공을 거둔 작품도 있었죠. 청소년을 위한 문학 작품이 많이 부족하던 마당에 참으로 반가운 일이었습니다. 저도 초등학교 때는 어린이용 명작을 열심히 읽었는데, 중학교 1학년 때 도스토옙스키의 〈죄와 벌〉을 손에 잡았다가 얼마 못 가 포기하고 한동안 책과 멀어졌던 경험이 있습니다. 고등학생이 되어서야 성장소설 〈데미안〉을 만나 다시 소설 읽기로 돌아올 수 있었죠. 그러니 지금의 청소년 문학 출간은 우리나라 출판계의 큰 변화라고 할 수 있지요.

그러나 그렇다고 해도 중학생이 읽을 만한 소설을 추려 볼 필요가 있었습니다. 청소년을 위한 문학 작품의 범위가 넓어 초등학교 고학년부터 고등학교 3학년까지를 포괄하기 때문이죠. 그리고 청소년 문학으로 출간된 것은 아니지만 중학생이 읽을 만한 작품도 있고요.

'전국국어교사모임' 선생님들은 학생들에게 읽히고 싶은 좋은 소설을 고르기 위해 많은 노력을 했고 그 결과 '국어시간에 소설읽기' 시리즈를 펴냈습니다.

여기 실린 소설 중 몇 편을 수업 시간에 학생들에게 읽게 한 적이 있습니다. 소설 인쇄물이 학생들의 책상에 놓이고, 학생들은 또랑또랑한 눈망울을 굴리며 내용을 한 줄 한 줄 읽어 가더군요. 학생들이 책 읽기를 싫어하는 것이 아니라 다만 재미있고 유익한 책 읽기의 기회를 만나지 못한 것이었음을 다시 한 번 확인할 수 있었죠.

우리는 행복한 소설 읽기를 경험할 수 없었던 학생들에게 이 책을 권하고 싶습니다. 황량한 벌판에 놓인 것만큼이나 메마른 삶을 살아가고 있는 많은 중학생들이 이 책을 통해 자신의 내면을 새롭게 만들어 갔으면 좋겠습니다. 소설 읽기를 통해 내가 살아 보지 못할 삶을 만나고, 세상 속 '나'라는 존재에 대해서도 생각해 보면서, 우리가 더 행복해지리라는 희망을 가져 봅니다.

이제 여러분은 무엇에 가장 관심이 가나요?

"소설 읽기요."

이 책을 기대에 차서 읽는 학생들의 모습을 그려 봅니다. 그 기대는 대답을 얻을 것입니다.

박선화, 박용숙, 윤용아, 이항숙

차례

첫날밤 이야기

박정애

"언니는 열일곱 살에 시집보내 놓고 나는 와 열두 살에 보내노? 싫다. 나도 열일곱 되기 전까지는 시집 못 간다. 와 사람 차별하노? 시집살이는 고추 당초카마 맵다 카면서 그런 시집살이를 언니한테는 열일곱 묵고 하라 카고 내한테는 열두 살에 하라 카는 이유가 뭐꼬? 나는 못 간다. 죽어도 못 간다."

엄마가 그러던데, 아줌마, 소설 쓰신다면서요?
이 얘기 좀 써 주세요. 꼭 써 주셔야 돼요.

울 엄마 직장 다닌다고 외할머니가 저를 키워 주셨다는 건 아시잖아요? 그 외할머니가요, 저한테 외할머니의 외할머니 얘기를 해 주셨어요.

그러니까 작년 여름, 제 초경 파티 때였죠. 생리하는 거나 아기 낳는 거, 뭐 이런 여자만이 가지는 특징들은 모계를 닮는다고 하잖아요? 엄마랑 이모가 이런저런 얘기들을 해 주었어요.

"우리 집안 여자들은 초경이 좀 늦는 편이야. 대개 열대여섯 살쯤에 생리를 시작하는데, 너도 딱 열다섯 살에 시작하는구나."

"생리통은 생리하기 전날에 가장 심하니까, 이상하게 으슬으슬 춥고 허리가 아프다 싶으면, 생리대를 준비하고 몸을 따뜻하게 하고 신맛 나는 과일을 많이 먹고 푹 쉬어라."

"양은 둘째, 넷째 날에 많은 편이고 다섯째 날에는 이슬만 조금 비치고 말지."

세상에나, 이런 귀찮은 행사를 한 달에 닷새씩, 폐경 때까지 수십 년이나 겪어야 한다니요? 으악……. 게다가 우리 집안 여자들은 임신은 너무너무 쉽게 하는데 출산은 평균보다 세 배쯤 힘들게 한다나요, 쩝.

"쳤다 하면 홈런이거든. 후후. 딱 한 번 남자랑 자도 백 퍼센트 임신이 되는 거지. 낳을 때는 거의 저승 문턱까지 갔다 온다고 생각하면 되고. 그러니까 부디 조심하셔요, 아가씨."

엄마랑 이모가 이렇게 막 겁을 주는데, 외할머니가 당신 외할머니의 첫날밤 이야기를 시작했어요. 근데 그 이야기가 제 가슴에 팍, 정통으로 꽂혀 버린 거예요.

궁금하시죠? 들어 보세요.

그러니까 주인공은 울 엄마의 엄마의 엄마의 엄마예요. 다른 말로 하면 외고조할머니……. 시간적 배경은 일제강점기예요. 1915년부터 삼일만세운동이 일어난 1919년까지죠. 공간적 배경은 밀양이구요. 밀양, 아세요? 전도연이 칸영화제에서 여우주연상 받은 영화가 〈밀양〉이잖아요. 또, 그, 왜, 왕끔찍한 사건, 여중생 집단 성폭행 사건, 그거 일어난 데가 밀양이죠. 이광수의 〈무정〉에서 주인공들이 기차 타고 가다가 수재민 돕기 자선 음악회 여는 삼랑진읍도 밀양시에 있고요.

우리의 주인공, 외고조할머니는 이름이 없었어요. 그냥 다들 앵두나무집 작은아기라고 불렀다네요. 큰딸은 큰아기, 작은딸은 작은아기, 그렇게 이름도 없이 자라서는 김씨 가문에 시집가면 김실이, 박씨 가문에 시집가면 박실이가 되었다지요.

그런데 앵두나무집 작은아기는 겨우 열두 살 나이에 박실이가 되었답니다. 큰아기가 열일곱에 김실이가 되는 양을 두 눈으로 목격했던 작은아기는 너무너무 억울했어요. 그래서 부모님 앞에서 울고불고 하소연하다 못해 마당을 떼굴떼굴 굴렀대요.

"언니는 열일곱 살에 시집보내 놓고 나는 와 열두 살에 보내

노? 싫다. 나도 열일곱 되기 전까지는 시집 못 간다. 와 사람 차별하노? 시집살이는 고추 당초카마 맵다 카면서 그런 시집살이를 언니한테는 열일곱 묵고 하라 카고 내한테는 열두 살에 하라 카는 이유가 뭐꼬? 나는 못 간다. 죽어도 못 간다."

열두 살이면 초딩 5학년인데, 보통내기가 아니죠? 그만큼 죽기로 싫다고 몸부림을 치는데도 부모님은 눈도 깜짝 안 하더래요. 어머니는 되레 말도 안 되는 겁을 주고, 아버지는 어린 딸 가슴에 대못을 쾅쾅 박는 일장 연설을 하더라나요?

우선 어머니.

"야야, 아부지는 하늘이고 아부지 말씀은 법이다. 하늘 법을 안 따리마(따르면) 순사한테 잽히가가 징역 산데이."

그리고 아버지.

"니는 날 때부텀 아무짝에도 쓸데없는 기집아로 태어나가 부모를 실망시킸다. 물에 던지가 떠니리가구로 하까, 산에 던지가 호랭이가 물어가구로 하까, 양단간에 결정을 내릴라 카다가, 목숨이 불쌍해가 이날 입때꺼지 내 집서 내 밥 믹이가 키왔다. 본시 딸년이라는 것은 시집가기 전에는 즈 애비가 오라 카마 오고 가라 카마 가면서 묵묵히 따리다가, 시집간 담에는 즈 서방이 오라 카마 오고 가라 카마 가면서 따리야만 사람값을 쳐 주는 기다. 내가 요새 관절통이 하도 심해가 언제 죽을동 모르는 거를, 내 몸 보양은 미루고 어린 기집아 끈이나 붙이 놓고 죽을라꼬 근방 삼동네를 다 뒤지가 마침맞은 양반집에 좋은 사우(사위)짜리를 구해 놨이마, 기집아가 고맙다꼬 절은 못할망정 어데서 배와 묵은 패악을 여게서 즉이노? 내 집서 내 밥 얻어묵고 컸이마 그 공을 알어야제."

저, 사투리 잘하죠? 헤, 외할머니한테 십오 년을 들었더니 이렇게 술술 나온답니다.

작은아기가 여기서 심청이 모드로, 예, 아부지요, 잘 알아묵었습니더, 했으면 오늘 우리의 주인공이 되었겠어요?

"아부지요. 지가요. 마 십이 넌 얻어묵은 밥, 이 자리서 다 토해 내겠심더."

작은아기는 그길로 손가락을 입속 깊숙이 집어넣고 토하기 시작했어요. 토하고, 토하고, 또 토하고, 아무것도 안 나올 때까지 토하고는 더 토하려고 편도선을 막 쑤시다가 그만 기절을 해 버렸어요.

결국 찬물 한 동이를 뒤집어쓰고 깨어난 작은아기한테 어머니, 아버지가 아주 싹싹 빌었다지요. 양반 체면에 딸 시집보내겠다고 약조해 놓고 안 지키면 낯부끄러워 못 산다, 부모가 한꺼번에 목매달고 죽는 꼴을 보겠느냐, 그 꼴 못 보겠으면 제발 덕분에 시집 좀 가 다오, 라고요.

이런 난리법석 끝에 작은아기는 열두 살에 박실이가 된 거지요. 박실이의 신랑은 당연히 박 서방인데요, 박 서방은 스물세 살짜리 늙은 신랑이었어요. 그 시절엔 웬만하면 스무 살 이전에 다 시집 장가를 갔다면서요? 박 서방도 열여덟에 결혼을 한 번

했었다지요. 그런데 색시가 혼례를 치르자마자 염병에 걸려가지고 친정에서 몇 개월 골골거리다간 시집으로는 발걸음도 못 떼어 보고 세상을 떴다는군요. 색시가 그렇게 되자, 박 서방도 충격이 컸나 봐요. 사는 게 무엇인지, 인생이 무엇인지, 의문이 들었겠죠. 머리 깎고 스님 되겠다고 몇 번이나 집을 나갔다네요. 그런데 박 서방 아버지가 밀양 향교에서 한 끗발 날리는 호랑이 선비였대요. 어떻게든 사람을 풀어 박 서방을 붙잡아 와서는 비 오는 날 먼지 나도록 두들겨 팼다지요. 그러니까 작은아기도 그렇지만, 박 서방 입장에서도 뭐, 하고 싶어 한 결혼은 아니었던 거예요.

하여튼 혼례 마당에서 두 사람은 생전 처음 얼굴을 보았대요. 사모관대 쓴 스물세 살 신랑이야 나무랄 데 없이 늠름한 젊은이인데, 연지곤지 바르고 족두리 쓴 열두 살 작은아기는 꼭 잘 만든 인형 같았다나요. 색시가 귀엽다느니 앙증맞다느니, 신랑이 한 손으로 들어도 달랑 들리겠다느니, 어쩌고저쩌고 말도 많았다지요.

꼬마 신랑 얘기는 들어 봤지만 꼬마 신부 얘기는 처음 들어 본다고요? 저도 처음이었어요. 헤헤.

어쨌든 혼례는 그저 어른들 시키는 대로 절을 하라면 하고 일어나라면 일어나고 술잔을 입에 대라면 대는 식으로 무사히 끝마쳤는데, 문제는 첫날밤이었어요. 그때는 성교육도 없었는데, 열두 살 여자아이가 첫날밤이 뭔지 요만큼이라도 알았겠어요?

박 서방도 참 기가 막히고 코가 막혔을 거예요. 첫 번째 아내는 결혼하자마자 숨이 딸깍딸깍 넘어가더니, 두 번째 아내는 쥐방울만 한 꼬마 아이라. 헤헤. 쥐방울만 하다는 건 외할머니 표현인데요. 바로 그림이 그려지더라고요. 엄마랑 이모랑 다 같이 배꼽을 잡고 웃었지 뭐예요?

박 서방이 천장 한 번 쳐다보고 한숨 한 번 쉬고 방구들 한 번 내려다보고 한숨 한 번 쉬다가는 작은아기한테 묻더래요.

"니 몇 살 묵었노?"

작은아기가 얌전한 새색시 모드로 속눈썹 착 내리깔고, 지는 열두 살입니더, 그랬겠어요? 우리의 주인공인데?

박 서방보다 더 크게 한숨을 푹푹 쉬고는 턱을 바짝 치켜들고 생쥐처럼 눈을 반들거리며 톡 쏘아붙였대요.

"색시가 몇 살 묵었는지도 모르고 장개왔능교?"

박 서방은 눈이 휘둥그레졌지요.

"싫거든 고마 물리소(물려요)."

작은아기가 그리 암팡지게 오금을 박았지만, 박 서방은 침만 꿀떡 삼키더래요. 작은아기는 정말이지 더 싸우고 싶었는데, 박 서방이 입에다 지퍼를 딱 채우고 상대를 안 해 주는 바람에 그냥 혼자 이불 덮어쓰고 자 버렸대요. 아침에 일어나 보니까 부지런한 박 서방은 벌써 세수하고 옷 갈아입고 마당 쓸고 있더라나?

첫날밤은 그렇게 지나갔어요. 그다음 날 밤도 마찬가지였고요. 뭐, 그다음다음 날 밤도 마찬가지, 그다음다음다음 날 밤도 마찬가지였지요.

옛날 풍습대로 혼례 치른 그해는 친정에서 묵히고 다음 해에 이바지 음식을 해 싣고 시집으로 갔다는데요. 이제 열세 살 먹은 작은아기는 신행 가는 길 내내 우느라고 눈이 퉁퉁 부었다지요.

시집살이야 당연히 힘들었지요, 뭐. 양반이라고 기세만 등등했지 살림은 넉넉지도 않았대요. 게다가 시부모가 노랑이 수전노라 머슴 사는 돈이 아깝다고 며느리들을 머슴 부리듯 심하게 부렸다지요. 아들 다섯은 가만 들어앉아 공자 왈 맹자 왈 하고 책을 읽는데, 며느리 여섯은 길쌈질에 누에치기에 잠도 교대로 잤다니 정말 불공평하지요? 아들 하나는 뭐 했느냐고요? 넷째 아들 박 서방은 논어 맹자에 취미가 없고 가출도 몇 번 하고 해서 어째 버린 자식 비슷이 취급되었대요. 아들 중에는 유일하게 책은 안 읽고 소 먹이고 농사짓고 나무하고 그랬다지요. 작은아기는 길쌈질도 누에치기도 손에 익지 않아 못하니까 물 긷고 방아 찧고 밥하고 빨래하는 일을 도맡아 했는데, 잠시도 쉴 틈이 없었대요. 어리다고 봐주지도 않았나 봐요.

아줌마, 혹시 요즘 〈며느리 전성시대〉라는 드라마 보세요? 그거 끝날 때 나오는 노래가 갑자기 생각나네요.

지겨운 나의 시집살이 인생, 욕쟁이 시아버지는 호랑새, 타박하는 시어머니는 꾸중새, 하루 종일 쉴 새 없이 꽥꽥꽥, 바보 같은 내 남편은 미련새

저, 노래 잘하죠? 풋.

다시 본론으로 돌아와서, 작은아기는 어린 나이에 그렇게나 매운 시집살이를 하게 된 게 두고두고 억울하고 분했어요. 처음에는 친정아버지를 원망했지만, 당장 눈앞에 보이는 사람이 박 서방이니까 그 고생이 다 박 서방 탓인 것만 같았지요. 그래서 몰래몰래 박 서방한테 조그마한 해코지들을 저질렀다는군요. 밥에다 돌을 넣는다든지, 저고리나 버선 속에다 도꼬마리 가시를 붙인다든지, 국에다 머리카락을 빠뜨린다든지…….

하지만 바보 같은 미련새 박 서방은 아무런 반응을 보이지 않았대요. 꿀 먹은 벙어리 모양으로, 돌이 씹히면 뱉어 내고 도꼬마리 가시는 뜯어내고 머리카락은 건져 낼 뿐이었죠. 손뼉도 부딪쳐야 소리가 난다는데, 이런 사람하고 싸움이 되겠느냐고요.

"답답이, 답답이, 세상천지에 저런 답답이가 다 있나?"

작은아기는 제풀에 열을 받아 가슴을 콩콩 치고 폴짝폴짝 뛰었어요. 화끈하게 싸움 한판 벌이고 싶어 독이 바짝 오른 작은아기로선 암만 싸움을 걸어도 받아 주지 않는 박 서방이 여간 얄밉지 않았어요.

그렇다고 박 서방이 작은아기를 본체만체 무시하는 건 아니었어요. 작은아기가 방아를 찧고 있는데, 주변에 아무도 없으면, 슬그머니 다가와서 그 방아를 거지반 찧어 주고 갔대요. 작은아기가 빨래터에서 빨래를 하는데, 주변에 아무도 없으면, 슬그머니 다가와서 자두나 으름이나 능금을 쥐여 주고 갔대요. 또 작은아기가 아궁이 앞에서 불도 잘 붙지 않고 연기도 많이 나서 울고 앉았는데, 주변에 아무도 없으면, 슬그머니 다가와서 마른 장작을 넣어 주고 불땀을 살려 주었대요. 근데, 주변에 강아지 한 마리라도 있으면, 절대로, 절대로, 다가오지 않았다네요.

호랑새 시아버지와 꾸중새 시어머니는 여섯 며느리, 일 시켜 먹는 재미로 사는 것 같은 어른들이었다는군요. 며느리들이 잠시라도 일 안 하고 노는 꼴을 못 봐 주었대요. 며느리가 무슨 소나 나귀인 줄 아셨다나? 길쌈 다 했거들랑 다듬이질해라, 다듬이질 끝났거들랑 이불 홑청 시쳐라, 홑청 다 시쳤거들랑 버선 기워라, 버선 다 기웠거들랑 텃밭 김매라, 김 다 맸거들랑, 애고, 힘들어, 또 길쌈해라…….

며느리들도 사람이니만큼 말은 못 해도 속은 부글부글 끓었겠죠. 아무리 열심히 길쌈하고 누에 쳐 봤자 돈은 모조리 시부모 수중에 떨어지고 며느리들은 꾸중만 배 터지게 얻어먹었으니까요. 배불리 먹지도 못하고 잠도 제대로 못 자고 아파도 약을 못 사 먹고 일만 죽어라 했다니, 〈톰 아저씨의 오두막집〉이나 〈뿌리〉나 〈주릴리〉에 나오는 흑인 노예들 생각이 나는 거 있죠?

여기서 작은아기가, 며느리란 원래 이렇게 죽도록 일만 하는 사람이려니, 하고 체념했다면 우리의 주인공이 아니겠지요.

작은아기가 열다섯 살 되던 해 초여름, 시부모가 이웃 마을 친척 노인의 환갑잔치에 가느라 집을 비운 어느 날, 이 집 며느리들이 짠 베를 단골로 수매하던 포목상에서 밀린 피륙값을 가져

다주더라나요. 때는 지금이다, 기회는 찬스다, 싶었던 작은아기는 다섯 동서들을 꼬드겼어요. 장터에 진을 친 협률사를 보러 가자고. 듣고 있으면 심장이 울렁거리고 절로 눈물이 흘러내린다는 이화중선의 〈사랑가〉를 들어 보자고.

그러면서 작은아기는 빨래터 아낙네들에게서 주워들은 〈사랑가〉 한 대목을 불렀어요. 이렇게요.

이리 오너라 업고 놀자 사랑 사랑 사랑 내 사랑이야 사랑 사랑 사랑 내 사랑이지

이히 내 사랑이로다 아매도 내 사랑아

니가 무엇을 먹으랴느냐 둥글둥글 수박 웃봉지 떼뜨리고 강릉의 백청을 다르르르 부어 씨는 발라 버리고 붉은 점 웁뿍 떠 반간진수로 먹으랴느냐

아니 그것도 나는 싫소

그러면 무엇을 먹으랴느냐 당 동지 지루지허니 외가지 단참외 먹으랴느냐

아니 그것도 나는 싫소

그러면 무엇을 먹으랴느냐 앵도를 주랴 포도를 주랴 귤병사탕의 회화당을 주랴

아니 그것도 나는 싫소

시금털털 개살고 작은 이 도령 서는 데 먹으랴느냐

아니 그것도 나는 싫소

저리 가거라 뒤태를 보자 이리 오너라 앞태를 보자 아장아장 걸어라 걷는 태를 보자 방긋 웃어라 아마도 내 사랑아

저 잘 부르죠? 하여튼 목청 좋은 건 우리 집안 여자들 내림이에요. 이 좋은 목청으로 꼬맹이 넷째 동서는 하나같이 저보다 나이 많은 손위, 손아래 동서들 마음을 확 사로잡았어요. 하기는 전부 십대, 이십 대 여자들인데, 애절한 〈사랑가〉에 마음이 흔들리지 않을 수 있나요?

여섯 며느리들은 하루치 일을 땡땡이치고 장터로 협률사를 보러 갔어요. 이런 세상도 다 있었나 싶었대요. 〈왕의 남자〉에서 남사당패들이 하는 것 같은 줄타기를 보다가는 등줄기가 땀으로 젖었고, 우스운 창극을 보다가는 배꼽이 빠질 뻔했다지요. 하지만 여섯 여자들의 혼을 빨아들인 공연은 따로 있었어요. 정말로 듣고 있으면 심장이 울렁거리고 눈물이 절로 흘렀다네요. 명창 이화중선이 성춘향과 이 도령의 수작을 흉내 내며 부른 〈사랑가〉, 말이지요.

이날의 땡땡이를 결코 후회하지 않으리라 다짐하며 돌아왔던 여섯 여자들은 시집 문간에 들어서자마자 불벼락을 맞았어요. 집안 여자들이 안 하던 짓을 떼로 하자 겁이 덜컥 난 시숙 하나가 이웃 마을로 달려가서 시부모를 불러왔던 거죠.

호랑새 시아버지는 대청마루에다 며느리들을 나란히 무릎 꿇리고는 잠 안 재우기 고문을 했어요. 주동자가 누구인지 불 때까

지 그렇게 고문할 거라고 했대요. 먼동이 밝아 올 때까지 다섯 동서들은 비밀을 지켰지만, 아무 데나 눕고 싶어 미칠 것 같았던 작은아기가 제 입으로 자수를 했대요.

하지만 우리의 주인공 작은아기가 설마, 지가 죽을죄를 지었습니더, 한 번만 봐주시이소, 했겠어요? 작은아기는 아픈 무릎을 주무르면서도 할 말은 딱 부러지게 다 했어요.

"아밧님요, 어맛님요. 인자 고마 저희들도 이래는 못 살겠습니더. 소도 겨울 한 철은 노는데, 사람이 소만도 못하다 카마 말 다 했지예. 인자 용돈도 쫌 주시고예. 일 년에 다문 며칠이라도 일 안 하고 놀구로 해 주시이소. 협률사 같은 거는, 아밧님, 어멋님이 먼저 나서시가, 느거들 고생 많이 했는데 귀경 갔다 온너라, 카시면서 특별 용돈도 좀 찔러 주시고예. 이래 안 해 주시마 인자 저희들은 한꾼에 다 머리 깎고 비구니가 돼 뿔라 캅니더."

시아버지는 당연히 노발대발, 아주 펄펄 뛰었어요.

"닥쳐라! 역적의 변설이렷다! 암만 요새 세상이 말세라 카지마는 반가의 자부 입에서 그런 못돼 묵은 변설이 나오다이? 인자 보이 니가 서방 망구고 집안 망구고 나라를 망굴 역적의 기물이렷다! 니가 감히 그라고도 내 집 밥을 묵을 요량이가? 삼돌아, 삼돌이 거 있나? 당장 저 아이 친정에 뛰가가 사정이 여차저차해서 댁의 여식을 얼른 델꼬 가시라꼬 전해라."

삼돌이한테서 소식을 들은, 작은아기의 친정아버지도 당연히 노발대발했죠. 목침이니 재떨이니 효자손 같은 물건을 마구 집어던지기까지 했대요. 관절통이 심해지면서 불뚝거리는 성질은 몇 곱절 심해져 있었다나요.

"이왕지사 출가외인, 사돈댁서 쥑이든동 살리든동 마음대로 하시라꼬 전해라."

시아버지는 부아가 뒤집혀 주체를 못 했어요. 냉큼 달려온 바깥사돈이 작은아기의 머리채를 휘어잡으면 그걸 뜯어말릴까 말까, 부녀가 나란히 무릎 꿇고 빌면 용서를 해 줄까 말까, 고민하고 있던 시아버지였으니까요.

시아버지의 엄명을 받은 시어머니가 손수 작은아기의 보따리를 싸기 시작했어요. 그러자 여섯 며느리들은 정말로 머리를 싹 밀어 버렸어요. 한 사람이 다른 사람 머리를 가위로 뭉텅뭉텅 깎아 주고 작은 칼로 꼼꼼히 밀어 주었다는데요. 서로서로 쳐다보며 막 울다가는 또 막 웃고 그랬다지요.

그리고 아마 이런 구호를 외치지 않았을까요?

시집살이 고생살이 언제까지 당할쏘냐
우리 모두 머리 깎고 불도라도 닦고지고

역시 힘없는 사람들은 단결이라도 해야 하는 거예요. 일이 이렇게 커지니까 시부모도 물러서더래요. 남의 눈도 두려웠지만 며느리들이 없으면 집안 꼴이 어떻게 될지가 더 두려웠던 거죠.

작은아기는 그해 가을에 초경을 했어요. 자고 일어나니까 하얀 이불 홑청에 붉은 꽃잎이 점점이 흩뿌려져 있더래요. 동네가 다 알아주는 똑똑이 작은아기도 그런 면으로는 아는 게 없었나 봐요. 이대로 죽는가 싶어 막 울고 있자니 박 서방이 제일 친하게 지내는 셋째 형수를 불러 주더래요.

작은아기가 열여섯 살 되던 해는 1919년, 기미년이었어요. 그 해 3월 1일이 어떤 날이었는지는 아줌마가 더 잘 아시죠? 삼일절 노래, 불러 볼게요.

기미년 삼월 일일 정오
터지자 밀물 같은 대한독립만세
태극기 곳곳마다 삼천만이 하나로
이날은 우리의 의요 생명이요 교훈이다
한강은 다시 흐르고 백두산 높았다
선열하 이 나라를 보소서
동포야 이날을 길이 빛내자

아, 이 노래는요, 부르다 보면 가슴이 막 벅차오르는 거 있죠? 기념일 노래 중에서는 이 노래가 제일 좋아요. 사실 가사를 아는 기념일 노래는 이것밖에 없답니다.

서울에서 시작된 태극기와 대한독립만세의 물결이 전국으로 퍼져 나갔지만, 경상도는 어째 조용했어요. 물론 겉으로만 조용했지요. '대한독립만세'라는 여섯 글자로 이루어진 소문의 힘은

햇볕처럼 공기처럼 사람들 속으로 스며들고 있었어요.

박 서방은 읍내로 나갔다가 열에 들떠서 돌아왔어요. 생전 안 하던 외박도 종종 하고요. 3월 1일에 서울 파고다공원에서 만세운동에 참가했던, 박 서방의 죽마고우가 밀양에 내려왔다지요. 그 사람은 고향 친구들을 불러서 경상도에서도 만세운동을 일으켜 보자고 했대요. 면사무소에서 등사기를 훔쳐 낸 그들은 '오등은 자에 아 조선의 독립국임과 조선인의 자주민임을 선언하노라' 하는 독립선언서를 수천 장 등사하고 태극기를 손 닿는 대로 만들었대요.

3월 13일, 음력으로 2월 열이틀은, 밀양에 오일장이 돌아오는 날이었어요. 작은아기는 시어머니 생신상에 쓸 고기를 장만하러 손아래 동서와 함께 장터 푸줏간으로 가고 있었어요. 이걸 사시오 저걸 파시오 깎아 주오 못 깎아 주오 가지가지 흥정에다, 똥을 된장이라고 속여 팔 날사기꾼이니 남의 물건 거저먹으려는 날도둑놈이니 가지가지 악다구니로, 장터는 언제나처럼 떠들썩 떠들썩했어요. 국숫집 가마솥에서 쉭쉭 뿜어 나오는 김에서 구수한 멸치 국물 냄새를 맡은 작은아기의 배꼽시계가 요란스레 꼬르륵 소리를 내기 시작했어요. 그래 국수라도 한 그릇씩 사 먹자고 동서와 의논하려는 참에 정오를 알리는 사이렌 소리가 뚜우, 온 장터에 퍼지더래요. 그런데 그것이 신호였대요. 밀양공립보통학교 쪽에서 예사롭지 않은 함성과 박수 소리가 들려오더니, 어디선가 불쑥불쑥 나타난 젊은이들이 장꾼들에게 독립선언서와 태극기를 나눠 주기 시작했대요. 곧 태극기의 물결이 온 장터를 휘덮었어요. 홍정도 악다구니도 쏙 들어가고, 그야말로, 터지자 밀물 같은 대한독립만세 소리만 밀양 하늘을 쩌렁쩌렁 울렸지요.

작은아기는 그 수천의 만세 소리 가운데, 귀에 익은 하나의 목소리를 가려들었어요. 박 서방이었죠. 대한독립만세. 대한독립만세. 대한독립만세를 외칠 때마다 그의 눈에서는 불꽃이 탁탁 튀었고, 그의 목울대는 울근불근 불거졌고, 그의 턱은 활시위처럼 팽팽해졌어요. 태극기를 들어 올리는 팔뚝은 또 두 개의 배흘림 기둥처럼 듬직했지요.

늘 시집 식구로만, 시부모의 넷째 아들로만 여겨지던 박 서방이 그 장터에선 한 남자로 보였대요. 대한독립만세가 작은아기 귀에는 박 서방이 자주민임을 외치는 독립만세로 겹쳐 들렸다니 희한한 일이죠?

곧, 칼 찬 순사들과 헌병대가 호각을 불고 공포탄을 쏘고 몽둥이를 휘두르며 선두에서 시위를 이끌던 젊은이들을 쫓기 시작했어요. 장꾼들은 자기네끼리 부딪치고 엎어지고 뒤엉키고 깔리고 울부짖으며, 젊은이들이 도망갈 시간을 벌어 주었어요. 피를 철철 흘리며 쓰러지는 사람, 팔다리를 다쳐 어쩔 줄 모르는 사람, 엄마 손을 잃고 우는 아이……. 난리도 그런 난리가 없었다지요. 작은아기는 손아래 동서와 국숫집 널평상 밑에 숨었다는데요. 수천의 발자국 소리 가운데 하나의 발자국 소리가 작은아기의 가슴으로 달려들더래요. 그건 꼭 그날의 발자국 소리라기보다는 오래전부터 작은아기가 혼자 있을 때만, 주변에 아무도 없을 때만, 슬그머니 다가오던 그 발자국 소리였지요.

그날 한밤중에 박 서방이 돌아왔어요. 눈에는 핏발이 서 있었고, 목은 꽉 잠겨 있었대요. 그가 숭늉 한 사발을 청하기에 작은아기는 평소와 달리 군말하지 않고 가져다주었어요. 후루룩 숭늉 사발을 비우고 벽에 기대어 앉는 박 서방 옆자리에, 평소와 달리 작은아기가 오도카니 앉았대요. 이상하게 그날따라 그러고 싶더라나요.

그러자 박 서방이 주머니에서 진달래꽃 무늬가 새겨진 예쁜 빗을 하나 꺼내 주더래요. 작은아기는 너무 기뻐 그 자리에서 머리를 풀고 빗기 시작했어요. 박 서방은 싱긋이 웃으면서 딱 한마디를 했대요.

"머리숱이 우째 그래 많노?"

"피. 그걸 인자 알았소?"

그러고는 평소처럼 혼자 이불 덮고 누웠는데, 왠지 허전하니 잠이 안 오더래요. 늘 잠이 부족했던 작은아기로서는 생전 처음 겪는 일이었죠.

박 서방이 어디 있나 둘레둘레 찾아보니 삼월 밤바람이 무지 찬데도 툇마루에서 검푸른 하늘을 하염없이 바라보고 앉았더래요. 그때, 여름 산의 칡덩굴 같은 것이 작은아기의 발목부터 칭칭 휘감고 올라오더니 허벅지를 옴짝달싹 못하게 조여 버렸어요. 아랫도리가 그렇게 빡빡해지니까 가슴은 오히려 불타는 듯 뜨거워지고 입술은 절로 벌어지면서 새콤달콤한 침이 마구 고였어요. 작은아기는 저도 모르게 차가운 박 서방의 손을 잡아 제 뜨거운 가슴에 얹었어요. 가슴은 그 몇 년 새, 진달래 동산처럼 봉긋이 부풀어 있었다지요.

박 서방도 작은아기를 빈틈없이 꼭, 꼭, 안아 주더래요. 그러고는 작은아기를 안은 채로 방 안에 들어갔는데, 그제야 진짜로 첫날밤을 치르게 된 거였죠, 뭐.

작은아기는 남자 다리 사이에 어떤 신기한 물건이 있는지도 그날 밤에 처음 보았지만요. 자기 엉덩뼈 근방에 반달 모양의 푸른 점이 두 개 있다는 것도 그날 밤 처음으로 알았다는군요. 영창으로 새어 들어오는 열이틀 밝은 달빛에 작은아기의 엉덩이를 비춰 보며, 박 서방이 그러더래요.

"달이 두 낱이마 벗 붕(朋)짠데……."

박 서방은 마치 가장 소중한 벗을 대하듯 작은아기의 엉덩이에 뺨을 갖다 댔다나요. 그러고는 혼잣말처럼 이렇게 웅얼거렸다지요.

"우짜다 잃가뿌도(잃어버려도) 궁디에 반달점 두 낱 있는 사람 찾으만 되겠네."

그것이 이별의 말인 줄을, 작은아기는 몰랐대요.

보통은 새벽녘에 방이 선득해져서 깨어나는데, 그날은 방이 뜨뜻해서 모처럼 늦잠을 자고 일어나 보니 박 서방이 사라지고 없더래요. 작은아기 잠든 방에 군불도 넉넉히 넣어 주고 쇠죽도 넉넉히 끓여 놓고는.

오후에 들이닥친 순사들한테서 박 서방이 불령선인 목록에 올랐고, 박 서방의 친구들 몇몇이 감옥에 갇혔으며, 몇몇은 도망을 쳤다는 얘기를 들었대요. 저들에게 잡히지 않은 것만 확실하지 박 서방이 어디로 갔는지는 아무도 몰랐대요. 다시 돌아오지도 않았고요.

슬픈 얘기죠?

근데, 꼭 슬프지만은 않고……. 뭐랄까?

하여튼 여기서부턴 후일담이랍니다.

작은아기는 몇 년 후, 만주에 다녀온 고향 사람한테서 박 서방 비슷한 사람을 얼핏 본 것도 같다는 얘기를 들었어요. 하지만, '얼핏 본 것도 같다'는 말 한마디에 두 목숨을 걸 수는 없었지요. 두 목숨? 그래요. 그 첫날밤에 울 외할머니의 어머니, 그러니까 제 외증조할머니가 생긴 거죠.

아기를 낳다 저승 문턱까지 갔다 온 작은아기는, 아기 낳은 여자들을 도와줄 생각으로 상경하여 먹여 주고 재워 주는 간호학교를 다녔대요. 딸아기는 시골집 동서들이 잘 돌봐 주었고요. 간호학교를 졸업한 작은아기는 산부인과 병원에서 간호부로 일하면서 외증조할머니를 훌륭한 산부인과 의사로 키워 냈지요. 외증조할머니는 밀양에서 산부인과 병원을 내고 자기 병원에서 외할머니를 낳았어요. 외할머니는 고등학교에서 보건 교사를 하다가 어린 저를 돌봐 주려고 직장을 그만두었다지요.

나중에 박 서방의 친구라는 사람한테서 박 서방이 만주 어디쯤에서 독립운동을 하다가 죽었다는 얘기를 들었는데도, 작은아기는, 〈이 사람을 찾습니다〉 같은 방송이 나올 때마다 혹시 엉덩이에 반달점 두 개 있는 여자를 찾는 남자가 있을까 봐 눈을 부릅뜨고 살폈다지요.

저는 가끔 이런 생각을 해요.

작은아기가 기미년 3월 13일에도 박 서방한테 마음을 열지 못했으면, 그날 밤에도 진짜 첫날밤을 갖지 못했으면, 외증조할머니도 없고 외할머니도 없고 울 엄마도 없고 나도 없다는 거…….

이 생각을 하면요, 별일이죠? 창문을 열고 하염없이 밤하늘을 보고 싶은 거 있죠?

열여섯 살 된 다음부터 자꾸만 가슴속에서 밤하늘 같은 그리움이 뭉게뭉게 자라나요. 무엇이 그리운지도 모르면서 그냥 무언가를 하염없이 그리워하게 돼요.

하염없이…….

아, 하염없이…….

이 그리움이 쌓이고 쌓인 어느 날, 저도 누군가의 찬 손을 잡아 제 뜨거운 가슴에 얹을 수 있을까요? 그러면 저도 어떤 아이의 외할머니의 외할머니가 될까요?

아줌마, 이 얘기, 꼭 써 주셔야 해요.

왜냐하면 저는요, 제 친구들도 그렇고요, 가끔가끔 칡덩굴 같은 것에 조이거든요. 입속에 새콤달콤한 침도 고이고요.

그럴 때면 이야기라도 읽어야지, 어떡하겠어요?

《호기심》(창비, 2008)

박정애

경상북도 청도에서 태어나 1998년《문학사상》에 〈에덴의 서쪽〉을 발표하여 등단했습니다. 장편소설 〈물의 말〉로 2001년 한겨레문학상을 받았으며,《친구가 필요해》,《춤에 부치는 노래》,《죽죽선녀를 만나다》 같은 책을 펴냈습니다.

:: 내용 되새기기

1 작은아기는 결혼하여 '박실이'가 되는데, '박실이'는 무슨 뜻인가요?

2 여섯 며느리들은 시부모가 작은아기를 내쫓으려 하자 어떤 행동을 했나요?

3 작은아기의 엉덩뼈에 있는 반달 모양의 작은 점을 보고 박 서방이 말한 글자는 무엇인가요?

4 만주로 간 박 서방은 그 후 어떻게 되었나요?

:: 생각 넓히기

1 박 서방의 성품을 알 수 있는 언행은 어떤 것들이 있으며, 이로 보아 박 서방은 어떤 사람인가요?

2 작은아기의 일생을 통해 작가가 우리에게 전하고 싶은 것은 무엇일까요?

3 작은아기와 박 서방은 첫날밤 이후 영영 이별하게 됩니다. 만약 여러분이 그 시절의 박 서방이었다면, 혹은 작은아기였다면 그 후 어떻게 살았을까요?

내가 왜 그랬지?

이상운

난 그렇게 마음과 머리가 어수선한 상태에서 검은 비닐봉지를 집었어. 그러자 할머니가 마치 파리채를 휘두르는 것처럼 손을 뻗어 내게서 비닐봉지를 빼앗아 버리지 않겠어? 그러고는 흠칫 놀라서 어쩔 줄 모르고 엉거주춤 쪼그린 채 얼어붙은 내게 날카롭고 단호한 음성으로 말했어.
"안 팔아!"
할머니는 나와 눈도 마주치지 않았어.

어쩌면 너도 그랬을 것 같은데, '선행'이라는 말이 들려온 순간 난 에이씨, 하고 욕을 할 뻔했어. 조느라고 선생님 말씀을 제대로 알아듣지 못했거든. 뭐, 졸 수밖에 없잖아. 때는 푹푹 찌는 7월 중순인데 교실엔 돌다 말다 하는, 다 죽어 가는 선풍기 두 대뿐이었으니까. 아니, 그러고 보면 졸았던 게 아니라 더위에 정신을 잃었던 것인지도 모르겠네.

아마 다 그랬을 거야. 모두들 졸거나 정신이 오락가락하거나 해서 그나마 내가 유일하게 선생님 말씀을 들었을 거야. 난 어쩔 수 없이 눈꺼풀을 덮고 있어야 할 때도 최소한 귀로는 선생님 말씀을 들어 드리려고 무진장 애를 쓰는 애니 말이야.

하여간 선행이라는 말이 들려온 순간 난 에이씨, 하고 욕을 할 뻔했어. 왜 그랬느냐 하면 나의 뇌가 선행이라는 말을, 듣기만 해도 짜증 나고, 너도 무지 싫어할 게 틀림없는 선행 학습과 연길시켜 버렸거든. 미리 미리 고등학교 교과 과정을 공부해 둬라 어째라, 라는 소리라고 짐작했던 거지. 졸면서, 자동적으로!

그런데 정신을 차리고 선생님 말씀을 몇 마디 더 들어 보니 그게 아니었어. 선생님이 말한 선행은 내가 잘못 들은 선행(先行)이 아니고 '선' 자를 길게 발음하는 선행(善行)이었어. 착한 행동 말이야. 못된 행동, 즉 악행(惡行)의 반대, 그러니까 착한 짓.

그럼 그렇지, 하며 난 안도의 한숨을 푹 내쉬었어. 내가 존경해 마지않는 국어 선생님께서 선행 학습 같은 말을 입에 올리실 리가 없지, 하고. 전혀 졸지 않았다는 듯이 약간 웃기까지 하면서.

하지만 그런 다음 정말 정신을 완전히 차리고 나니 이번엔 다른 이유에서 이게 뭐야 싶었어. 에이씨, 하고 욕을 하고 싶은 정도는 아니었지만 정말이지 이게 뭐야 싶었다고.

선생님의 말씀인즉, 요약하자면 이런 것이었거든.

'여름방학 동안 선행을 하나 하고 그 일을 가지고 원고지 15매의 작문을 하여 제출할 것!'

"무슨 일이든 좋아."

선생님이 말했어.

"단, 왜 그게 선행이라고 생각하는지 논리적 근거를 분명히 제시해야 해."

선생님은 손수건으로 얼굴의 땀을 쓱쓱 닦고는 잠과 더위의 공격으로 멍해져 있는 우리를 바라보았어.

"중학생으로 맞는 마지막 여름방학이니 추억을 하나 만들어 봐."

선생님이 다시 말했어, 살짝 웃으면서.

그러자 그제야 무슨 일이 벌어지고 있는지 알아차린 아이들이, 나보다 최소한 1초는 늦게 정신을 차린 주제에 자기들 멋대로 나보다 먼저 선생님을 향하여 "우우" 하고 불만을 표시했어. 그게 뭐예요, 선생님, 하고 말이야.

아니, 이것들이 싶었지만, 뭐, 어쩌겠어. 한 발 늦긴 했지만 단지 1초였으니까 나도 잽싸게 따라붙으며 선생님을 향하여 "우우" 하고 소리를 냈어. 착한 짓으로 추억을 만들라니, 도대체 그게 뭐냔 말이야. 우리가 뭐 유치원생이냐고, 앙?

뭐, 어쨌든 방학이니 좋았어. 기뻤다고, 날아갈 듯이. 사실 방학이야말로 학교가 내게 베풀어 주는 최고의 착한 짓이니까. 너에게도 그렇겠지만.

난 방학을 하고 나서 일주일 동안은 매일 두세 번쯤 그걸 생각했어. 그 못된 선행이라는 놈을. 자, 그럼 오늘 착한 짓을 하나 해 볼까, 라거나, 도대체 착한 짓을 할 만한 게 어디에 있지, 하고.

그렇게 이런저런 궁리를 하다 보니 엄마를 위해서 이벤트를 꾸미는 것도 괜찮을 것 같았어. 예컨대, 이런 식으로 말이야.

먼저 엄마가 감탄할 만한 근사한 레스토랑을 몰래 예약해 두는 거야. 그래서 생일날 저녁이 되면 아무도 자기 생일을 알아주지 않는다고 울적해 하는 엄마를 태우러 리무진이 오는 거지.

"어머, 무슨 일이에요?"

깜짝 놀란 엄마가 이렇게 물으면, 잘 차려입고 예의바르며 머리가 허연 기사가 고개를 숙이며 말하겠지.

"부인, 일단 가 보시면 압니다. 어서 타시지요."

"어머머, 알았어요. 잠깐만 기다려요."

그런 다음 엄마는 세수를 하고 화장을 하는 거야. 그리고 이 옷 저 옷 꺼내서 입어 보느라고 최소한 세 시간은 끈 다음 예쁘게 차려입고 차에 타겠지? 그래서 나의 지시에 따라 그 레스토랑의 제일 좋은 자리에서 미리 기다리고 있던 아빠가 지쳐서 잠들어 버리겠지? 하지만 아빠는 엄마가 도착하기 직전, 사나운 개에게 쫓기다가 엉덩이를 물리고는 번쩍 정신을 차리고, 결국 두 사람은 행복한 저녁 시간을 보내게 될 거야. 그런데…….

'그런데?'

'응. 그런데 도대체 무슨 돈으로 이 말도 안 되는 이벤트를 하지?'

'그야 아빠 돈으로 해야지.'

'하지만 그러고도 착한 짓이라고 할 수 있겠어?'

'음…… 아마 못하겠지?'

'그래.'

'맞아.'

뭐, 그리고 끝이었지.

그러니까 내가 말하고 싶은 것은 내가 그런 식으로 열심히 노력했다는 거야. 뭔가가 떠오르면 그 즉시 그걸 내가 할 수 있는 착한 짓과 연결해서 생각해 보았다고. 존경하는 국어 선생님을 내가 꽤 좋아하는 편이어서 그 숙제는 방학 초반에 가장 먼저 해 놓아야겠다고 마음먹고 있었거든.

인터넷에서 '착한 글래머' 어쩌고저쩌고 하는 말이 붙은 잘빠진 여자들의 사진을 보았을 때는 이런 생각도 했어. 평소 그런 걸 볼 때는 별 생각이 없었는데, 역시 국어 선생님이 내주신 그 못된 숙제 때문에 생각이 많아졌던 거야.

'여자의 예쁜 몸매가 착한 거라면 남자의 근육질 몸매도 착한 거겠지? 그렇다면 내가 방학 중에 운동을 해서 멋진 근육을 만들면 나도 착한 몸이 되는 것이고, 따라서 내 몸을 그렇게 만든 바로 내가 착한 짓을 한 게 되겠지?'

그러자 내 속의 또 다른 내가 말하더군.

'하지만 넌 운동을 안 할 거잖아, 그렇지?'

'응!'

뭐, 역시 그러고는 끝이었지.

사실, 애초에 그건 말이 안 되는 소리야. 예쁘고 잘빠진 여자의 몸매가 착한 것이라면 그저 그런 몸매는 악한 거야? 이게 말이 되는 거냐고. 하여간에 가끔 보면 기자 아저씨들, 정말 바보 같다니까. 저런 멍텅구리 같은 소리를 태연하게 해 대고 있으니, 안 그래?

그런데 말이야, 그건 그렇다 치고, 문제는 다른 데 있어. 방학이 시작되면서 일주일간 계속해서 그렇게 저렇게 고민을 했던 내가 불가사의하게도 일주일 뒤 엄마 아빠랑 동해 바다에 다녀오면서 그만 그걸 새까맣게 잊어버렸다는 거야. 방학이 끝나 갈 때까지 새까맣게, 영영, 선생님께 정말 죄송하게도.

여름방학이 끝나기 며칠 전에야 난 그런 숙제가 있다는 걸 기억해 냈어. 어이쿠, 싫었지. 어쩌겠어, 연습장을 펴 놓고 나도 모르게 내가 저지른 착한 짓을 찾아내려고 기억을 더듬으며 머리를 쥐어

짰지.

하지만 아무것도 없었어. 아무것도. 자꾸 생각하다 보니 방학이 있긴 있었나 싶더군. 그러면서 볼펜만 신나게 돌리는 것으로 끝났지. 정말, 내가 행한 착한 짓이 하나도 없단 말이야, 라는 생각에 맥이 빠지기도 했고.

우리 학교 독서왕이자 시화전 단골 시인이고 미래의 작가인 내 친구 혜리한테 얘기해 볼까, 라는 생각이 들었지만, 그 생각이 떠오른 바로 그 순간에 마음을 접어 버렸어. 혜리는 도움을 줄 수 있는 확실한 실력을 갖춘 애야. 걔는 네가 들어 보지도 못했을 – 나도 혜리가 얘기해 주기 전엔 몰랐을 – 《대머리 여가수》니 《성난 얼굴로 돌아보라》 같은 희곡도 마치 맛있는 음식을 먹어 치우듯이 읽어 대는 애니 말이야.

하지만 걘 가끔 좀 신경절적으로 따지는 애야. 그건 네가 직접 해야 의미가 있는 거야 바보야, 하고 핀잔을 줄 게 틀림없어. 뭐, 맞는 말이긴 하지. 내가 한 선행을 가지고 내 생각대로 내 스타일로 작문을 해야 하는 거니까. 그러니까 혜리한테 얘기하는 건 '불가!'라고.

뭐, 그러고 나니까 가짜로 하나 쓸까, 라는 유혹이 다가오더군. 필요한 게 없으면 훔쳐서라도 가지려는 게 본능인가 봐. 너도 그렇지? 난 별로 그런 편은 아니지만, 하여간 그래서 이런 걸 생각했어.

어느 날 밤이야. 개고기를 팔다가 망해서 비어 있는 동네 가게에서 깡패 고등학생 세 명이 우리 옆집에 사는 초등학교 1학년 아이를 위협하고 있어. 돈을 내놓으라고. 어른들이 지나가고 있었지만 모두들 외면하고 말지. 그래서 내가 나서는 거야. 하필이면 그때 그곳을 지나치다가 그 꼴을 보고 말았으니까. 난 지독한 평화주의자이지만 정의를 위해서 불가피하게 두 주목을 불끈 쥐고 …… 중략 …… 이러고저러고 하여 아이들을 구출해. 그러자 온 동네에 소문이 퍼지더니 지구대 대장이 피자 한 판을 사 들고 찾아와서 머리를 조아리며 나에게 감사패를 주더군. 뭐, 기분 좋았지.

어때? 이런 일이라면 이게 왜 착한 짓인지 논리적 근거를 대고 말고 할 필요도 없을 게 아니냐고, 앙?

그래서 이걸 가지고 작문을 했느냐? 쳇, 내가 그럴 리가 있겠어? 절대로 아니지. 생각 좀 해 봐. 수업 시간에 선생님이 좋아하는 낭독을 하면 아이들이 말도 안 되는 '구라'라고 난리법석일 것이고, 선생님도 의심할 것이고, 결과적으로 내가 하수 거짓말쟁이가 될 게 뻔한데 왜 그런 바보짓을 하겠느냐고, 왜?

저녁이 되자 머리가 지끈지끈 아팠어. 하루 종일 그 못된 놈의 착한 짓을 물고 늘어진 탓이었지. 식탁에 앉아서 만족스런 표정으로 식사를 하고 있는 엄마 아빠를 보고 있으려니까 이런 궤변까지 막 떠올랐어.

'내가 매일 세 끼 밥을 꼬박꼬박 챙겨 먹어서 굶어 죽지 않고 계속 살아 있다는 게 엄마 아빠에게는 나의 어마어마한 선행이 아닐까? 방학 내내 단 한 번도 숨쉬기를 거부하지 않았다는 것도 엄마 아빠에게는 나의 어마어마한 선행이 아닐까?'

하지만 난 절대로 이렇게 묻지 않았어.

"아니야, 엄마 아빠?"

다행스럽게도 내 속의 또 다른 내가 긴급 경고를 발했거든.

'야, 정신 차려, 인마!'

난 지끈지끈 아픈 내 머리를 엄마 아빠가 알아차리지 못하게 슬쩍 쥐어박았어. 그러면서 이쯤에서 더 이상 말도 안 되는 공상과 망상으로 추태를 부리지 말고 당당하게 숙제를 포기하자고 결단을 내렸지. 정정당당하게 – 그러니까 더 이상 머리 아프지 않게 – 포기하자! 포기하고 편해지자!

다음 날이었어. 간밤에 운명하신 스탠드의 전구를 사러 할인마트에 가는 길에 마늘 까는 할머니를 봤어. 구질구질한 하천을 사이에 두고 양쪽에 자리 잡은 우리 아파트 단지와 할인마트를 연결하는 다리 위에서였지. 그 다리에는 언제나 음료수, 아이스크림, 어묵, 솜사탕, 셔츠, 청바지, 봉제인형 따위를 파는 노점이 줄지어 있어. 하지만 마늘을 까서 파는 할머니는 처음 보았지.

할머니는 현장에서 직접 까면서 그걸 팔고 있더군. 내가 지나칠 때 할머니는 막 햇빛을 가리기 위해 작은 파라솔, 이라기보다도 큰 우산이라고 해야 할 것을 펼치려 하고 있었어. 힘들어 보여서 무심결에 도와 드렸지. 그랬더니 환하게 웃었는데, 그때 갑자기 할머니가 몹시 불쌍해 보이는 거야. 허름한 옷차림과 쪼글쪼글한 얼굴, 그리고 시골집에서 보았던 콩기름을 먹인 오래된 장판 같은 피부 따위가 하나하나 눈에 들어오면서.

몇 초 뒤엔 초등학교 2학년 때 돌아가신 할머니가 생각났어. 자주 만나지도 못했고, 내가 한참 어릴 때 돌아가셨으니까 함께한 시간은 얼마 되지 않지만 절대로 잊을 수 없는 분이지. 왜냐하면 내가 네 살인가 다섯 살 때, 시골에 있는 할머니 집의 재래식 화장실에 빠진 나를 건져 내어 깨끗이 씻어 주신 분이거든.

그래, 맞아. 내가 똥통에 빠졌다고!

이 사람 저 사람 달려들어서 앵앵 우는 나를 물로 씻고 난리였지. 엄마는 똥을 삼킨 게 틀림없다며 당장 병원에 데려가야 한다고 큰 소리를 질러 댔고.

하지만 다른 사람들은 다들 웃고 있었어. 큰아버지 댁 식구들 말이야. 그중에서도 할머니가 제일 크게 웃었던 것 같아. 내 기억에 또렷이 남아 있어. 웃으면서 나를 씻어 주셨지. 맨손으로 내 몸에 묻은 똥을 샅샅이 훑어 내고 물을 끼얹고 여러 번 비누칠을 한 다음, 할머니는 수건으로 나를 감싸서 꼭 끌어안으며 말했어.

"현서야, 넌 똥통에 빠졌으니 나중에 아주 아주 큰 부자가 될 거야."

뭐, 그래서 울음을 뚝 그쳤지. 아주 아주 큰 부자가 된다니까.

하여간, 난 까만 우산 앞에 서서 머뭇거렸어. 돌아가신 할머니가 생각나면서 갑자기 내가 해 드려야 할 일이 뭔가 더 있다는 느낌에 사로잡혔거든. 하지만 그게 뭔지는 알 수 없었어. 까야 할 마늘 더미며, 조그만 소쿠리들, 종이 상자와 비닐봉지 따위가 이미 가지런히 잘 정리되어 있어서 내가 거들어 드릴 만한 게 보이지 않았으니까.

그래서 어쩐지 가시지 않는 아쉬움을 달래려고 '학생 고마워, 이거 하나 먹어.' 하며 할머니가 깐 마늘 하나를 내 입에 넣어 주는 장면을 상상하고 있는데, 정말로 할머니가 헤헤 웃으며 깐 마늘을 하나도 아니고 세 쪽이나 내 입에 넣어 주었어, 라고 하면 거짓말이고 실제로는 아무 일도 일어나지 않았어. 할머니는 나를 잊어버린 듯 다시 마늘을 까고 있었어.

그새 깐 마늘을 넣은 작은 봉지가 두 개 만들어져 있더군. 난 그 옆의 종이 상자에 가득한 까야 할 마늘 더미를 바라보다가, 할머니의 무심한 얼굴을 바라보다가, 파라솔이라고는 도저히 봐 줄 수 없는 몹시 큰 검은 우산에 쓰여 있는 '라스베가스'라는 시뻘건 글자를 보면서 아줌마 아저씨들이 논다는 카바레 같은 것일까, 라고 생각하다가 마침내 인사를 하고 돌아설 수밖에 없었어.

다리 위로 많은 사람들이 오가고 있더군. 속이 뒤틀려서 앵앵거리는 아기들도 많았고. 하지만 다리를 건너가서 할머니를 지켜본 3분 동안 깐 마늘을 사는 사람은 아무도 없었어. 코앞에 대형 할인마트가 있으니 당연한 일이지. 그래도 할머니는 둥근 금속아치가 무지개처럼 시작되는 다리 난간 앞에 앉아서 즐거운 듯 마늘을 까고 있었어.

난 한 사람쯤 깐 마늘을 사는 사람이 나타나기를 기다리며 좀 더 서 있다가 결국 단념하고 시원한 매장 안으로 들어갔어. 그리고 전구를 산 뒤 한 시간이나 이곳저곳 곰처럼 어슬렁거렸어. 그러자 슬슬 배가 고프기 시작했는데, 그때 다시 마늘 까는 할머니가 생각났어. 그리고 지금쯤 한 봉지 팔았을까, 라는 궁금증이 일었는데, 바로 그때야.

그 순간 파팟, 하고 머릿속에서 무지갯빛 불꽃이 터졌어. 한참 뒤늦게야 내가 뭘 해야 하는지를 깨달았던 거지. 넌 그게 뭔지 알겠어? 그래, 바로 내가 고대해 마지않던 착한 짓이야, 착한 짓!

난 혹시 가 버리고 없는 게 아닐까 초조해 하며 서둘러 다리로 갔어. 아, 행복하게도 할머니는 여전히 라스베가스 우산 아래에서 마늘을 까고 있었어. 앞뒤 재고 말고 할 것도 없었지.

난 봉지 봉지 담긴 채 쌓여 있는 탐스런 상앗빛 마늘을 보며 할머니에게 말했어.

"할머니, 마늘 좀 주세요."

할머니가 쳐다보더군. 반가워하는 눈빛을 보니 개시가 분명했어.

난 지갑에 든 돈을 모두 꺼내 할머니에게 내밀려 다시 말했어.

"이 돈만큼 다 주세요."

그러고는 놀라서 두 눈이 탁구공처럼 부풀어 오른 할머니에게 의기양양하게 덧붙였지.

"안 깐 것도 괜찮아요."

할머니는 다소 어리둥절하고 한편으로는 조금 난처한 듯한 표정으로 내가 내민 돈을 바라보았어.

"농담 아니에요, 할머니."

난 재촉했어.

"어서 담아 주세요, 할머니."

그러자 마침내 할머니는 까만 대형 비닐봉지 두 개에 깐 마늘 모두와 안 깐 마늘을 담기 시작했어. 할머니가 가진 마늘의 사분의 삼쯤 되었던 것 같아. 난 남아 있는 안 깐 마늘을 봉지에 담긴 깐 마늘과 바꿔 놓는 것으로 나의 착한 짓을 마무리했어. 그렇게 하면 할머니가 남은 마늘을 힘들게 깔 필요가 없을 거라고 생각했던 거지.

뭐, 내가 기대했던 것만큼 할머니가 기뻐하는 것 같지는 않았어. 하지만 사람마다 감정을 드러내는 모습이 다르지 않겠어? 난 할머니가 과묵하고 조용한 성격이어서 그럴 거라고 생각했어. 사실 내 기분에 도취되어 할머니의 그런 모습에는 별로 신경도 쓰지 않았지만.

집으로 오면서 난 오히려 엄마가 뭐라 하지 않을까 걱정했어. 하지만 나의 걱정은 그야말로 기우였어. 내 양손에 들린 마늘 봉지를 보고 처음엔 눈이 휘둥그레졌으나 내가 자초지종을 설명하자 야단을 치기는커녕 칭찬하기 바빴다고.

“아이고, 우리 현서가 기특하기도 하지.”

어쩌고저쩌고, 등등.

엄마는 이런 말도 했어.

“와, 우리 착한 현서 덕에 그 할머니 횡재했네.”

역시 내가 제대로 한 건 한 게 분명했어. 방학 동안 꼬박꼬박 점심을 챙겨 주는 게 힘들었던지 은근히 귀찮아하던 엄마가 그렇게 기뻐했으니! 게다가 쉬는 토요일이라 아침을 먹은 뒤 다시 쿨쿨 자고 계시던 아빠까지 일어나 엄마의 칭찬 소동에 합세했으니!

난 속으로 만세를 불렀어. 내가 한 일이 의심의 여지가 없는 완벽한 착한 짓이었다는 걸 알 수 있었으니까.

솔직히 난 조금 거만해지기까지 해서 속으로 말했어, 우리 반 못된 녀석들에게.

‘야, 이 자식들아. 선행을 하려면 적어도 이 정도 수준은 되어야지, 앙?’

그런 다음 아빠로부터 용돈을 다시 받고 특별상으로 웃돈까지 받고 보니 할머니에게 달려가서 뽀뽀라도 해 드리고 싶었어. 할머니가 좀 무뚝뚝한 분이어서 내가 기대한 것처럼 크게 기뻐하지 않았다는 게 아쉬웠지만, 뭐, 작문을 할 때는 두 눈에 눈물이 그렁그렁 맺힐 정도로 할머니가 굉장히 기뻐하셨다, 라고 쓰면 되니까. 그 정도 거짓말은 해도 되지 않겠어?

그런데 말이야. 너도 잘 알겠지만, 문제는 항상 이런 식으로 정체를 드러내. 그런데, 라거나, 그러나, 라고. 그러니까 다음과 같이.

그런데 바로 오늘이었어. 아침을 먹고 이제 슬슬 작문 숙제를 해 볼까, 하고 폼을 잡고 있는데 준호에게서 전화가 왔어. 함께 영화를 보자고. 그것도 자기가 보여 주겠다고.

'헐, 이 녀석이 웬일이지?'

난 순간적으로, 내가 할머니에게 행한 착한 짓의 보상을 받는구나, 하고 생각했어. 준호 녀석은 내가 그런 훌륭한 일을 했다는 걸 전혀 모르겠지만 하늘은 다 아실 테니 말이야. 그래야 '하늘'이라고 불릴 만한 거 아니겠어?

하지만 바로 다음 순간 의심도 되었어. 고놈은 자기가 한턱을 내면 반드시 대가를 요구하는 놈이거든. 그것도 내 쪽에서 까맣게 잊고 있을 때쯤 해서 그 일을 꺼내는 방식으로.

'야, 정현서. 그때 내가 너한테 그렇게 저렇게 해 줬으니까 이번엔 네가 이렇게 저렇게 해 줘. 그래야 공평하지. 세상에 공짜는 없는 거야, 자식아. 어쩌고저쩌고.'

그렇다면 이번에도 틀림없이 무슨 꿍꿍이가 있을 텐데, 그게 뭘까? 난 잠시 생각해 봤어. 하지만 알 수 없었어. 뭐, 당연한 일이지. 하늘도 아닌 내가 그걸 어떻게 알 수 있겠냐고. 말했다시피 녀석은 일단 시간이 좀 흐른 다음 그 일을 꺼내어 들이대는 방식을 고수하는 놈인데.

뭐, 그래서 에라 모르겠다, 하고 결단을 내렸어. 공짜로 영화를 보여 주겠다니 – 너도 공짜 좋아하지? – 나중에 내 목숨이 위태로

워질지언정 일단 보아야 하지 않겠어?

난 찜찜한 마음을 내팽개치고 얼른 뛰어나가 녀석을 만났어.

"야, 봉준호. 웬일이냐? 방학 동안 땀 흘리면서 개과천선했냐?"

내가 묻자 녀석이 대답했어.

"어, 아빠 친구 분이 놀러 오셨다가 용돈을 주셨거든."

"그냥 그거야?"

"응. 영화 혼자 보면 재미없잖아."

"그건 그렇지."

"야, 어서 가자."

"그래."

우리는 할인마트 지하에 있는 극장으로 갔어. 다리를 지나가는데 마늘 까는 할머니가 생각나더군. 하지만 이른 시각이라 할머니는 보이지 않았어. 대신 이런저런 생각이 한꺼번에 뇌리를 스치고 지나갔어.

'어제는 언제 집으로 가셨을까? 남은 마늘은 다 파셨을까? 집에 가서 누군가에게, 그러니까 내 또래 손자나 손녀에게 내 얘기를 하면서 고마워하지 않았을까? 오늘 또 나오실까? 혹시 똥통에 빠진 어린 손자를 씻어 주신 적이 있을까?'

등등.

준호와 나는 〈악당들〉이라는 영화를 보았어. 이런 내용이었지. 미국식 패스트푸드를 너무 먹어서 인 과다섭취로 흥분한 일단의 악당들이 한강 시민공원을 점령하고 행패를 부리는데, 바보 같은 어른들이 엉터리 회의만 하고 있는 동안 똥거름유기농토종음식 동아리 '똥통'의 청소년들이 악당들을 제압하고 한강을 시민들에게 돌려준다, 얏호!

뭐, 그럭저럭 재미있었어. 특히 악당들의 행패가 볼 만했어. 그 중에서도 아무 데서나 옷을 벗고 이상한 춤을 추는 여자 악당이 봐 줄 만했지. 음, 스타일이 삼삼했어.

그런데 말이야. 바로 이번 '그런데'가 결정적인 '그런데'야. 드디어 어쩐지 찜찜했던 알 수 없는 그 뭔가가 정체를 드러냈어.

영화를 보고 나서였지. 무슨 이유인지 또 한턱내겠다며 준호가 사 준 햄버거와 콜라를 맛있게 먹었는데, 그 음식 때문이었는지 영화에서 본 발가벗은 여자 악당의 기억 때문이었는지, 난 바로 그 악당들처럼 엄청 흥분해 버렸어. 준호가 여동생에게 준다면서 작은 봉제 곰 인형을 산 뒤, 쇳덩어리 아치 아래 펼쳐진 라스베가스 우산을 보았을 때야.

'얏호, 할머니다!'

흥분한 난 속으로 외쳤어. 그러면서 뭔가에 떠밀린 것처럼 거칠게 준호를 잡아끌었어. 정말로 개과천선했는지, 아니면 나중에 나한테 무슨 수작을 부리려고 작전을 수행 중인지 알 수 없는 이 준호라는 놈에게 내가 어떻게 착한 짓을 하는지 보여 주자는 열망에 휩싸였던 거야.

"야, 지금부터 넌 내 증인이야."

난 녀석에게 말했어.

"웬 증인? 뭐야?"

"입 닫고 그냥 보기나 해!"

그런 다음 난 내 착한 짓의 증인으로 선택받은 준호를 옆에 세워 놓고 할머니에게 씩씩하게 인사를 했어. 할머니가 나를 알아보고 환한 얼굴로 반겨 주더군. 하지만 그 환한 웃음에 뒤이어 곧 벼락이 치기 시작했어.

"할머니, 이거 다 주세요."

내가 이렇게 말한 순간부터야.

갑자기 할머니가 여자 악당으로 바뀌어 버렸어. 벌떡 일어서서 훌훌 옷을 벗은 다음 마구 춤을 췄다, 라고 하면 거짓말이고, 그게 아니라 환하게 웃음 짓고 있던 온화한 얼굴이 갑자기 몰려든 먹구름에 뒤덮이며 험하고 무서운 '할망구'가 되어 버렸다는 말이야.

내 생각은, 아니 생각이라기보다 순간적으로 극도의 흥분 상태에 빠져서, 할머니 앞에 놓여 있는 깐 마늘 안 깐 마늘을 몽땅 사 버리겠다는 것이었어. 새로 받은 용돈과 상으로 받은 웃돈까지 더하면 마늘을 다 살 수 있을 것 같았으니까.

솔직해 말해서 돈을 모두 내놓으려니 아까웠어. 그래서 좀 멈칫거렸어. 머릿속으로 엄마 아빠가 한 번쯤 더 나의 착한 짓을 칭찬해 주고 보상해 주지 않을까, 하는 치사한 계산도 하는 한편, 무슨 영문인지 순식간에 악당의 얼굴이 된 할머니를 보며 불길한 예감에 사로잡힌 채 말이야.

난 그렇게 마음과 머리가 어수선한 상태에서 검은 비닐봉지를 집었어. 그러자 할머니가 마치 파리채를 휘두르는 것처럼 손을 뻗어 내게서 비닐봉지를 빼앗아 버리지 않겠어? 그러고는 흠칫 놀라서 어쩔 줄 모르고 엉거주춤 쪼그린 채 얼어붙은 내게 날카롭고 단호한 음성으로 말했어.

"안 팔아!"

할머니는 나와 눈도 마주치지 않았어.

난감하더군. 계속 그 자세로 가만히 있는 것도 그렇고, 그냥 일어서기도 그랬으니까. 그래서 여전히 쪼그려 앉은 채 슬며시 고개를 돌리니까 나와 눈이 마주친 준호가 살짝 웃으며 서양 애들처럼 어깨를 으쓱했어. 마치 약을 올리는 것처럼.

난 다시 흥분하기 시작했어.

"필요해서 그러는데요, 할머니."

내가 말하자 새 마늘 한 통을 집어 쪼개기 시작한 할머니가 대꾸했어.

"그럼 저기 가서 사."

'저기'는 물론 할인마트였지.

"에이, 그러지 마시고 몽땅 주세요. 할머니."

난 다시 도전해 보았어.

"그럼 할머니도 편하시잖아요."

할머니가 고개를 가로저었어. 그 모습을 본 난 한편으로는 휴,

아까운 돈을 건졌다, 다행이다, 하고 안도하면서, 다른 한편으로는 몽땅 사겠다는데 왜 안 팔겠다는 거냐 싶어 불쾌했고, 또 다른 한편으로는 10초쯤 뒤에 슬그머니 일어서야지, 하고 생각했어. 그러다가 3초 뒤에 라스베가스 우산 쪽으로 비켜선 준호가 나를 보고 헤벌쭉 웃는 걸 보고는 또다시 흥분하며 도전하고 말았어.

"할머니. 저기……."

그러나 내가 입을 연 순간 할머니가 내 말을 자르며 외쳤어.

"아, 그만둬! 썩 꺼져!"

휴, 얼마나 놀랐는지 난 거의 까무러칠 뻔했어. 다행히 까무러치지는 않았지만 흠칫하며 엉덩방아를 찧고 말았지. 그러고는 잠시 멍하니 있다가 마침내 정신을 차리고 일어섰어. 그런 다음 잔칫집에서 쫓겨난 거지처럼 슬금슬금 걸음을 옮기기 시작했어. 무섭고, 창피하고, 서럽고, 화도 나는 이상한 감정 상태로 – 이런 걸 한 번에 표현할 수 있는 단어는 없는 거야? – 말이야.

난 한 걸음 한 걸음 옮기며 속으로 물었어.

'뭐야 이게? 어떻게 된 거지?'

줄곧 물었지만 알 수 없었어.

"어떻게 된 거야?"

졸졸 따라오던 준호가 묻더군. 녀석은 주제 파악이 안 된다는, 그러나 내가 난처해진 게 즐겁다는 얼굴이었어. 나야 뭐, 무슨 말을 해야 할지 몰라서 입을 다물고 있었지.

녀석이 다시 말했어.

"하여간 난 증언할 수 있어. 내 두 눈으로 똑똑히 보고 두 귀로 똑똑히 들었으니까."

고놈은 내가 바보처럼 얼이 빠진 게 즐거웠던 거야.

터덜터덜 걷던 난 다리 끝에 다다라 걸음을 멈추고 난간에 기댔어. 당혹감이 가라앉으면서 화가 치밀어 오르기 시작하더군.

'자자, 정현서. 생각하자. 생각하자.'

난 나를 격려하면서 속으로 말했어.

'뭐야, 내가 뭘 잘못한 거지? 할머니 자존심을 건드린 거야? 동정을 받기 싫다는 거야, 뭐야?'

문득, 실실 웃고 있는 준호를 패고 싶었어. 이놈이 〈악당들〉을 보자고 하지 않았으면 이런 일을 당하지 않았을 텐데 싶었거든. 그러고 보니 영화를 보여 주고 햄버거까지 사 준 녀석의 행동이 정말 의심스러웠어.

'이 녀석도 뒤늦게 작문 숙제를 하려고 착한 짓이랍시고 나한테 한턱 쏜 게 아닐까?'

틀림없이 그럴 것 같더군. 그러니까 낭독 수업 중에 나를 증인으로 내세우려고 영화를 보여 주고 햄버거까지 사 준 거지. 이 음흉한 자식.

'어쩌지?'

난 웃는 것인지 아닌지 알 수 없는 묘한 표정으로 나를 바라보고 있는 녀석을 째려보며 생각했어.

'햄버거를 토해서 뱉어 줄까? 그건 어쩌면 가능할 것도 같은데, 하지만 이미 봐 버린 영화는 어떻게 하지?'

"야, 봉준호."

"왜?"

"너 인마, 나한테 못된 짓을 했어."

"웬 못된 짓?"

"모르겠어?"

"왜 그래? 뭐야?"

"너 때문에 할머니한테 욕을 먹었잖아, 자식아."

"그게 왜 나 때문이야?"

"네가 영화 보자고 안 했으면 오늘 만날 일이 없었을 테니까."

"도대체 무슨 소리야? 영화 보여 주고 햄버거까지 사 줬더니."

"야, 그만두자."

"뭐?"

"그만두자고."

그래, 난 그 문제는 일단 접어 두기로 했어. 준호가 그런 의도를 가지고 있었는지 아닌지는 어차피 나중에 알게 될 테고, 사실 지금 중요한 것은 할머니가 왜 버럭 화를 내며 나를 내쫓았는지 그걸 알아내는 것이었으니까.

'뭐야, 도대체 왜 할머니가 화를 내신 거지?'

난 계속 생각했어.

'왜 그랬지? 이유가 뭐지? 내가 뭘 잘못했지?'

"너, 저 할머니랑 무슨 일 있었어?"

잠자코 나를 지켜보던 준호가 말했어.

"난 뭐가 뭔지 이해가 안 돼."

'나도 마찬가지야, 자식아. 그러니 닥치셔.'

난 준호를 무시하고 멀리 떨어진 라스베가스 우산 아래 앉아서 마늘을 까고 있는 할머니를 바라보았어. 한참 동안, 온몸으로 뜨거운 햇살을 고스란히 받아들이면서. 우산 아래 앉아 있는 할머니는 처음 만났을 때 모습 그대로였어. 부지런하고 과묵한 할머니 말이야. 조금 전, 매정한 악당으로 변신한 할망구가 진짜였을까 싶을 정도로.

기분이 이상했어.

'도대체 무슨 일이 있었던 거지? 아니, 내가 왜 그랬지? 할머니는 또 왜 그랬지?'

난 아무 일도 없었다는 듯 평화롭게 마늘을 까고 있는 할머니를 바라보았어. 나 자신이 바보같이 느껴지면서 다시 흥분되려 하더군. 난 할머니에게 뛰어가 물어보고 싶었어.

"왜 그러셨어요, 할머니, 네?"

이렇게, 악당처럼!

그런데 그때 준호가 내 주의를 다른 데로 돌려 버렸어. 사실 녀석이 그러지 않았다고 해도 내가 할머니에게 가서 그렇게 했을 것 같지는 않아. 그럴 용기도 없었고, 솔직히 더 이상 할머니가 편하지 않았거든. 아니, 편하지 않은 정도가 아니고 무서웠어. 뭔가 얘기를 나눠 보고 싶다는 마음은 가득했지만.

"뭐야, 안 가?"

동생에게 주려고 산 곰 인형으로 내 머리를 툭 치면서 준호가 말했어.

울컥 화가 치솟더군. 하지만 난 녀석에게 아무런 대꾸도 하지 않았어. 난 내 기특한 머리가 간직하고 있던 〈라퐁텐의 곰〉 이야기를 번쩍 떠올리고는 그걸 생각하기 시작했어. 낮잠 자는 노인의 코에 앉은 파리를 쫓아 주려고 돌멩이를 던져서 파리는 물론 노인까지도 지구를 떠나게 했다는, 어쩌면 너도 한 번은 들어 봤을 그 곰 이야기 말이야.

뭐, 내 행동이 그 미련한 곰 친구처럼 한심한 건 아니었지만, 어쨌든 결과적으로는 할머니를 괴롭히고 말았어. 괴로우니까 그렇게 화를 낸 게 아니겠어? 하지만 말이야, 괴롭기는 나도 마찬가지였어. 할머니도 나를 괴롭혔다고. 내가 무슨 큰 잘못을 저질렀는지는 모르겠지만 어쨌든 착한 짓을 한 번 더 해 보려는 내게 상처를 입혔다고.

'에이, ××!'

난 속으로 중얼거렸어.

'이건 너무 복잡하잖아? 도대체 선행이 뭐야? 선생님, 도대체 선행이 뭐예요?'

"야, 안 가냐니까?"

그때 지겨워진 준호가 다시 말했어. 또 곰 인형으로 내 머리를 툭 치면서. 그래서 뭐, 나도 할머니처럼 빽 소리를 질러 버렸지. 내 눈썹에 달라붙은 땀방울이 후드득 떨어져 나갈 정도로 크게. 그러니까 악당처럼!

"저리 꺼져! 너 혼자 가, 인마!"

그러니까 내 말은, 글쎄 봉준호가 나 정현서에게 정확히 뭘 잘못했느냔 말이야, 뭘, 앙?

《중학생 여러분》(바람의아이들, 2008)

이상운

경북 포항에서 태어났습니다. 연세대학교와 같은 학교 대학원에서 문학을 공부했습니다. 장편소설 《픽션클럽》으로 대산창작기금을 받으며 작품 활동을 시작했고, 장편소설 《내 머릿속의 개들》로 제11회 문학동네작가상을 받았습니다. 청소년소설 《내 마음의 태풍》, 엽편소설집 《달마의 앞치마》, 《제발 좀 조용히 해줘》, 단편집 《쳇, 소비의 파시즘이야》, 장편소설 《탱고》, 《누가 그녀를 보았는가》 등을 펴냈습니다.

:: 내용 되새기기

1 국어 선생님이 내준 여름방학 숙제는 무엇이며, 어떤 조건을 달았나요?

2 '나'가 처음 마늘 까는 할머니를 보았을 때 어떤 기억을 떠올렸나요?

3 '나'는 방학 과제로 어떤 선행을 했나요?

:: 생각 넓히기

1 할머니는 왜 마늘을 다 사겠다는 '나'에게 화를 내며 안 팔겠다고 한 것일까요?

2 여러분이 생각하는 '진정한' 선행의 의미는 무엇인가요?

3 여러분이 한 선행을 한 가지 떠올려 보고 그때의 마음과 그 일을 한 이유를 솔직하게 써 보세요.

오월의 훈풍

박태원

그 순간, 은식이의 온몸에 소름이 쪽! 끼쳤다.

아마 넘어질 때 우물 전의 모진 돌에다 부딪혔던 게지……. 기순이의 이마가 세로 한 일자로 째어지고 피가 자꾸 솟아 흘렀다.

은식이는 겁 집어먹은 눈을 하여 가지고, 잠깐 동안 그대로 그렇게 서 있었다.

1

토요일 오후 —

멋없도록이나 맑게 갠 날이다.

누구나 그대로 집 안에 붙박여 있지 못할 날이다.

볼일도 없건만 공연스레 거리를 휘돌아다니고 싶은 날이다.

철수는 양말을 두 켤레 사서 그것을 아무렇게나 양복 주머니에 처넣고 화신상회를 나왔다. 그러나 그곳을 나와서 집으로밖에는 어데라 갈 곳을 가지지 못한 철수였다.

양말을 살 것이 오늘의 사무였었고, 그 사무는 이미 끝났다.

그는 백화점 앞에 가 서서, 물끄러미 종로 네거리를 오고 가는 사람들을 바라보고 있었다.

그러자 뜻하지 않고 그의 머리에 '기순'이 생각이 떠올랐다.

우리는 곧잘 뜻하지 않은 때에 뜻하지 않은 사람을 생각하는 일이 있었다. 지금 기순이 생각을 한 철수의 경우가 바로 그러하다.

2

십오 년 전의 오월 —

서울 수전동 골목 안에 모여 노는 아이들 틈에서 열세 살 먹은 은식이는 가장 자랑스러웠다.

철없는 부러움을 가지고 대하는 아이들에게 향하여, 자기가 입은 이백일흔 댓 냥짜리 양복을 한껏 뽐낼 수 있었던 은식이였던 까닭이다.

더욱이 우미관에서 보고 온 '명금놀이'를 흉내 내어 놀 때에 은식이는 언제든 '후레데리꾸 백작'이 될 수 있었다.

까닭에, 그가 골목 안에서 첫손 꼽아 어여쁜 계집아이 순남이가 분장한 '기지꾸레'와 손을 맞잡고, '싸치오 백작'의 무리를 피하여 옆골목으로 몸을 숨길 때, '로로'의 소임을 맡은 만돌이는 입술 위에까지 흘러내린 시퍼런 코를 훌쩍 들이마실 것도 잊고, 그 어린 양복쟁이의 멋진 뒷모양을 한참이나 멀거니 바라보기조차 하였다…….

그날은, 그러나 공교롭게 순남이가 어머니를 따라 외갓집으로 나들이를 가고 없었다.

순남이가 없더라도 명금놀이는 하여야만 하였다.

누구를 순남이 대신에 기지꾸레를 삼을까 — 하는 것이 잠깐 동안의 문제였다.

복순이?

옥희?

갓난이?

……

여주인공 선거는 쉽사리 결정을 보지 못하였다.

그러자 그때, 옆에서 동정만 살피고 있던 기순이가, 피선거권도 가지지 못한 어여쁘지 못한 그 계집애가, 망설거리며 망설거리며 자청을 하였다.

제가 기지꾸레가 되면 어떻겠냐고…….

그러나 그 신청은 그 즉시 각하되었다.

'소년 배우'들의 — 그중에서 특히 은식이의 의견에 의하면 기지꾸레의 소임은 무엇보다도 첫째 얼굴이 어여뻐야만 맡을 수 있었다.

기순이 같은 아이가 그 소임을 자원한다는 것은, 이를테면 '기지꾸레'의 모독이었고 아울러 '미'의 모독이었다.

그래 은식이는 말하였다.

"넙죽이가, 찔룩이가, 되지두 못하게 기지꾸레가 돼 볼려구. 얘 애, 아서라 넙죽이, 찔룩이."

넙죽이란 것은 기순이 얼굴이 둥글넓적해서 이르는 말이고, 찔룩이라는 것은 걸핏하면 찔룩찔룩 울기를 잘하는 까닭에 하는 말이다.

다른 때 같으면 그렇게까지는 짓궂지 않은 은식이었으나, 그 전날 그가 순남이와 단둘이 우미관 앞 왜떡 가게에서 모찌를 한 개씩 사 먹었을 때, 기순이가 "사내 처—ㅇ 기집애 처—ㅇ." 하고 놀렸던 것을, 순간에 은식이는 기억에서 찾아내었던 까닭이다.

기순이는 얼굴 전체를 찔룩거렸다.

모욕당한 여성의 분노가 역시 그의 두 눈에 있었다.

성난 얼굴이란 누구에게 있어서든 좀 더 보기 싫은 것임에 틀림없었다.

그래 은식이는 또 놀렸다.

"넙죽이, 씰룩이. 씰룩씰룩 울어라."

그러나 기순이는 채 울지 않았다.

한없는 굴욕 앞에 울음을 억제하려는 무던한 노력이 가만히 경련하는 그의 입술에 보였다.

"돈 한 푼 줄게 울어라. 씰룩이, 넙죽이."

그러자 기순이는 별안간 소리쳤다.

"양복쟁이, 피 — 아이노꾸*, 아이노꾸."

보통학교도 다니지 않는 기순이가, 대체 '아이노꾸'라는 말은 어데서 배웠는지 알 길 없지만 양복을 입었을 따름으로 아이노꾸 소리를 들은 은식이는 왈칵 치밀어오르는 격렬한 감정을 억제하지 못하였다.

"무어, 어쩌구 어째?"

은식이는 기순이를 떠다밀었다.

그러나 기순이는 그 통에 비슬비슬 뒤로 물러났을 뿐이요, 넘어지지도 울지도 않았다.

"아이노꾸, 아이노꾸."

그리고 기순이는 갑자기 울가망*이 되어 몸을 돌쳐 달음질쳤다.

용서하지 않고 은식이가 뒤를 쫓았다.

후레데리꾸 백작은 특히 걸음이 빨랐다.

'안수문장' 집 앞에 우물이 하나 있었다.

그 앞에 이르러 등을 떠다밀려 은식이가 팔을 내민 것과, 기순이가 앞으로 폭 고꾸라진 것과, 같은 순간의 일이었다.

은식이는 이름 모를 공포 속에서 잠깐 그곳에 가 망연히 서 있었다.

기순이는 기가 나서 울었다.

은식이는 달아날까 — 하고 생각하였다.

누가 어른이라도 본다면, 물론 시비는 가리지도 않고, 은식이를 나무랄 게다.

그러나 이 경우에 달아나는 것은 비겁한 행동인 듯싶었다.

그래 은식이는 좀 더 그곳에 버티고 섰었다. 그러자 기순이가 우물가에서 몸을 일으켰다.

그 순간, 은식이의 온몸에 소름이 쭉! 끼쳤다.

아마 넘어질 때 우물 전의 모진 돌에다 부딪혔던 게지……. 기순이의 이마가 세로 한일자로 째어지고 피가 자꾸 솟아 흘렀다.

은식이는 겁 집어먹은 눈을 하여 가지고, 잠깐 동안 그대로 그렇게 서 있었다.

그러다가 다음 순간, 은식이는 얼굴이 새파랗게 질려 가지고 집으로 달음질쳤다.

문을 박차고 들어가, 허둥지둥 대문에 빗장을 지르고, 이리저

- 아이노꾸 | '혼혈아'를 놀리는 말.
- 울가망 | 근심스럽거나 답답하여 기분이 나지 않음.

리 숨을 곳을 찾다가 그는 드디어 뒷간 속으로 들어갔다.

몸이 쉴 사이 없이 떨리고 위아랫니가 자꾸 마주쳤다.

장난을 하다가 잘못하여 병 하나를 깨뜨려도 무서운 매를 맞지 않으면 안 되었던 은식이라, 남의 집 아이 이마를 깨뜨려 놓은 이번 일의 결과는 빤한 듯싶었다.

얼마나 혹독한 형벌이 이제 그에게 내릴 것이랴……?

그것을 생각하니 저도 모를 사이에 눈물조차 두 줄 그의 뺨 위를 흘러내린다…….

3

그러나 뜻밖에 은식이는 아무런 형벌도 받지 않았다.

한마디의 꾸지람조차 집 안에는 없었다.

은식이의 '범행'이 뜻밖에 컸었던 까닭인 듯싶었다.

은식이는 다른 때나 마찬가지로 골목 안에서 아이들 패의 대장 노릇을 하였다.

그러나 물론 명금놀이는 다시 두 번 안 하였다.

기순이 이마에 완연하게 남아 있는 생채기 흔적을 보았을 때, 은식이에게는 그러할 용기가 없었던 것이다.

뿐만 아니라 그 뒤에 외삼촌 아주머니가,

"기순이가 이제 저 생채기 자국 때문에 좋은 데로는 시집을 못 갈 게다."

하고 말하였을 때, 은식이는 풀이 죽지 않을 수 없었다.

"정말 그럴까요?"

"그럼, 계집애는 얼굴이 질인데 더구나 이마 한복판에가 그렇게 큰 생채기가 났으니 어떡하니."

은식이는 만약 정말 그렇게 된다면 그것은 전혀 나의 책임이 아닌가? 하고 그런 것을 생각하지 않을 수 없었다.

그리고 때때로,

'정말 그렇다면 내가 기순이에게로 장가를 들지 않으면 안 되지 않을까? 그 밖에 다른 도리는 없지 않은가?'

하고 비장한 생각조차 은식이는 하였다.

4

얼마 안 있다 기순이네 집은 새문 밖으로 떠나 버렸다.

여름에 악박골 물이나 먹으러 가기 외에는 별로 새문 턱을 넘을 기회가 은식이에게는 없었다.

또 설혹 새문 밖을 자주 드나든다 하더라도, 이제는 낫살 찬 처녀라 응당 집 안에 들어앉았을 기순이와 길에서라도 만날 길은 전연 없었을 게다.

그러나 그렇다고 해서 기순이 생각이 은식이의 머리에서 사라지란 법은 없었다.

이마에다 만들어 준 생채기에 대한 책임감 말고도, 은식이는 기순이에게 장가를 들까? 하는 생각을 가끔 하여 보는 것이다.

결코 어여쁘지 못한 기순이의 둥글넓적한 얼굴이, 일종 형언할 수 없는 매력을 가지고 그의 마음을 끌었다.

그러나 물론 그것들은 아무런 행동으로도 나타나지 않았다.

그러는 동안에 은식이는 철수라고 개명을 하고, 중학을 마친 다음에 동경으로 건너갔다.

그리고 그가 예과를 마치고서 대학 영문학부에 학적을 두던 바로 그 봄에 기순이는 시집을 가고 말았다.

여름에 철수가 집으로 돌아왔을 때, 어머니가 무슨 이야기 끝에 그에게 말하였다.

"참, 기순이가 시집을 갔지."

"기순이가? 어디루요?"

철수는 일종 애틋한 감정을 맛보지 않을 수 없었다.

"한 동리에 사는 사람이라드라. 연초 공장에 다닌다지, 아마……."

"나이는 몇 살이게요?"

"서른아홉이라든가, 갓 마흔이라든가?"

"갓 마흔요? 기순이는 올에 스물밖에 안 되지 않었세요?"

"얘길 들으면 후취•라드라……."

철수는 문득 기순이의 이마에 죽을 때까지 남아 있을 생채기 자국을 생각하고, 어째 마음이 선득하였다.

혹은 그 까닭에 남의 후취로밖에는 다른 좋은 혼처가 없었던 것인지도 모를 일이다.

"그래 먹을 것은 넉넉한가요?"

"넉넉할 거야 무에 있겠니? 연초 회사 다니는 사람이……."

"직공인가요?"

"아아니, 직공은 아니라드라, 저……."

"그럼, 감독인가요?"

"감독두 아니야. 저어 거시기……. 오오, 뚜 — 하는 사람이라드라."

"뚜 — 하는 사람이오? 뚜 — 하는 사람이라니요?"

"왜 연초 회사에서 뚜 — 뚜 하지 않니? 그 뚜 — 하는 사람이라드라."

그러나 남자가 뚜 — 하는 사람이든 직공 감독이든 그런 것은 아무렇든 좋았다.

갓 스물짜리 처녀가 마흔이나 된 사나이의 후취로 들어갔다는 것이 그의 마음을 적지않이 불쾌하게 만들어 주었다.

만약 그곳으로 시집을 갈 수밖에 없었던 것이 전혀 이마의 생채기 까닭이라면, 그리고 그의 결혼 생활이 불행하다면, 여자는 응당 체경•을 대할 때마다 자기를 원망할 게다.

그것을 생각하면 철수는 은근히 마음이 아프기조차 하였다.

• 후취(後娶) | 두 번째로 장가가서 맞이한 아내.
• 체경(體鏡) | 온몸이 비치는 큰 거울.

그리고 그러할 때마다 그는, 사실은 기순이가 비록 넉넉지 못한 살림살이 속에서도, 자기네들의 행복을 발견하고 있는 것이기를 굳이 믿으려 들었다.

그러나 그 생각은 언제든 실감을 상반하지 않아, 철수의 마음을 불안하게 하여 주었다.

5

그 기순이 생각을 철수는 바로 지금 종로 네거리에서 한 것이다.

그 뒤로 기순이 소식을 듣지 못하기 이미 사 년이다.

기순이는 지금 어쩌고 있을까?

남편은 그저 연초공장에서 "뚜—" 하고 있을까?

그들은 행복할까?

이러한 생각을 잠깐 하다가, 철수는 언제까지든 그곳에 가 그렇게 서서 그따위 생각만을 하고 있을 수 없는 것을 깨닫고, 날씨가 하도 좋으니 한강으로라도 나갈까? 하고 마침 온 전차를 탔다.

그러나 그것은 의주통을 돌아 경성역으로 가는 전차였다.

철수는 만원에 가까운 전차 안에서 손잡이에 손을 걸치고, 혼자 싱거운 웃음을 웃었다.

그러자 전차가 의주통에 가 닿았을 때, 철수는 사람들 틈에 끼어 전차에 오르는 한 여인을 보고 그리로 고개를 돌렸다.

그 아낙네는 세 살이나 그밖에 더 안 된 사내아이를 안고 있었다.

철수는 그가 바로 요전 순간까지 자기가 생각하고 있던 기순인 것을 알고 희한하게 놀랐다.

그러나 그렇다고 선선히 알은체를 할 사이는 물론 아니었다.

흘낏 보았으니 물론 장담은 할 수 없는 노릇이나, 하얗게 바른 분 덕에 이마의 생채기를 쉽사리 알아낼 수 없었다.

철수는 약간 안도에 가까운 감정을 맛보며, 그대로 그곳에 가서 있었다.

아무도 그들 모자를 위하여 자리를 내어 주는 사람이 없었다.

젊은 아낙네는 아이를 안은 채 사람들에게 밀려 철수의 옆에까지 왔다.

그러자 전차 창 밖에 돌연 벽돌집이 나타났다.

철수는 그것을 보자 저도 모르게 흘낏 옆에 선 어렸을 때의 동무를 돌아보았다.

이제는 한 아이의 어머니인 옛날의 기순이는 자기 곁에 철수가 있는 것도 모르고 한 손에 치켜안은 어린 아들에게 창밖 전매국 공장을 손가락질하였다.

"저게 어디지? 우리 귀남이는 알지?"

그러나 귀남이는 눈을 동그랗게 뜬 채 쉽사리 알아내지를 못하였다.

"엄마가 아르켜 줄까?"

"……."

"아빠 계신 데. 뚜 — 하시는 데."

그제야 귀남이는 갑자기 깨달은 듯이 두 손을 좋아라고 내흔들며 소리쳤다.

"아빠, 뚜 —. 아빠, 뚜 —."

철수는 그 소리를 듣자 저도 모르게 사람들을 헤치고 차장대로 나와 달려가는 전차에서 뛰어내렸다.

그리고 그가 아무렇게나 되는 대로 거리를 걸어갔을 때, 그의 가슴속에 기쁨이 치밀어 올랐다.

"그는 행복이다. 그는 지금 행복이다."

철수는 큰길을 피하여 골목을 찾아들었다.

"그는 행복이다. 아들 낳고, 딸 낳고 — 까지는 알 수 없어도, 이제 분명히 어머니의 기쁨이 그에게 있을 게다."

이런 생각을 하며 그가 그 골목을 왼손 편으로 꺾으려 할 때,

"뚜 —."

하고 연초 회사의 '석 점 뛰 —'가 불었다.

철수는 저도 모르게 걸음을 멈추고 몸을 돌이키어 지붕 너머로 연초 회사 굴뚝을 치어다보았다.

이윽히 그곳에 서 있다가 철수는 어느 틈엔가 입가에 떠오른 빙그레 웃음을 그대로 띤 채, 다시 골목을 걸어 나갔다.

오월의 향기로운 바람은 그 골목 안에도 가득하다.

그가 그렇게 걷고 있을 때, 저도 모르게 가만한 음향이 그의 입술 사이를 새어 나왔다.

뚜—

뚜—

뚜, 뚜—

《소설가 구보씨의 일일》(문장사, 1993)

박태원

서울에서 태어나 1930년 단편소설 〈수염〉으로 등단하였습니다. 1920년대부터 일어났던 사회주의 문학 운동에 참여하였으며, 해방 후에는 월북하여 북한에서 활동하였습니다. 〈소설가 구보씨의 일일〉, 〈천변풍경〉, 〈갑오농민전쟁〉 등의 작품이 있습니다.

:: 내용 되새기기

1 기순이는 어떻게 얼굴을 다치게 되었나요?

2 주인공이 기순이가 시집을 못 간다면 자신이 기순이와 결혼해야 한다고 생각한 이유는 무엇인가요?

3 주인공이 기순이가 행복할까 아닐까에 대하여 항상 궁금하게 생각한 이유는 무엇인가요?

:: 생각 넓히기

1 주인공이 기순이의 삶을 '행복'하다고 생각하게 된 것은 무엇 때문일까요?

2 이 작품의 시대적 배경을 알 수 있게 해 주는 부분을 찾아보세요.

버들강아지

임정아

'선생님께, 저도 조금은 억울한 일은 있지만 말하진 않겠습니다. 용서해 주세요.'

그녀는 은혜의 글을 찾아 입으로 되뇌어 보았다.

"저도 조금은 억울한 일은 있지만 말하진 않겠습니다."

열다섯 살 아이가 이렇게 관대할 수 있을까.

갑자기 뜨거운 것이 가슴에서 치밀어 오르며 눈물이 주르르 흘러내렸다.

1

"억울해요!"

현주, 인영, 난희 모두 억울하다고 엉너리를 쳤다. 반성문을 한 번 아니라 두 번, 세 번 되풀이 쓰도록 해 보았어도 마찬가지였다. 아이들은 한결같이 "잘못했어요. 용서해 주세요."라고 글의 들머리 대목에서는 적어 놓고 있었지만, 그러나 마지막에 잊지 않고 따라붙는 말이 있었다. — "억울해요!"

도대체 이 애들의 머릿속 컴퓨터는 어떻게 돌아가고 있는 걸까? 그렇게 어마어마한 일을 저질러 놓고도 억울하다고 뻗댈 수 있는 이 아이들은?

그녀는 고개를 도리도리 흔들며 한숨을 내쉬었다. 바로 내일이 개학인데 아직 아무런 대책이 세워져 있지 않다. 방학 내내 고민에 고민을 더했어도 확실한 결론은 나지 않았다.

'어떡한담? 고것들 얼굴을 또 어찌 봐야 하는 거냐구…….'

그 얼마나 기쁨을 주던 '고것들'의 얼굴이었나? 양지바른 들녘의 노란 민들레꽃 같고, 돌담 위에 쪼르르 걸터앉은 참새떼 같던 아이들. 도·레·미·파·솔·라·시·도 음계 중에서도 꼭 '라'음 같았던 고것들. 이제 열다섯 살. 금빛여중 2학년 소녀들.

2

2학기 기말 시험 때였다.

첫째 날 4교시 시험을 마친 다음의 청소 시간. 실장인 다정이가 심각한 얼굴을 하고 조용히 다가왔다. 그 애의 옆에는 다른 두 아이가 부관처럼 서 있었다.

"응, 왜? 무슨 일 있어?"

그냥 무심히, 정말로 무심하게 그녀는 물었다. 아무래도 학기 말이고 곧 방학이니 실장으로서 담임에게 하고 싶은 말이 있으려니 했을 뿐, 정말 '무슨 일'이 있으리라고는 전혀 생각지 않았다. 다정이의 심각해 하는 얼굴조차도 이 아이의 평소 진지하기만 하던 성격이 다시 나타난 것이려니 여겼을 따름이었다.

"저, 선생님. 오늘 시험 때 애들이 컨닝 많이 했어요."

"컨닝?"

그녀는 목소리를 퉁겼다가 한참 만에 다시 되뇌었다.

"컨닝? 그것도 많이?"

"네. 좀 심했어요. 죄송해요."

그러고선 그 애는 마치 제가 컨닝하다 들켜 혼나는 아이처럼 고개를 깊이 떨구었다.

"그래, 알았어. 알려 줘서 고맙다."

다정이와 두 아이들은 여전히 무거운 표정을 하고 돌아갔다. 얼마나 심했으면 실장이 와서 보고를 다 했겠나? 무슨 시간에 얼마만큼이나 한 것일까? 누구누구라고 이름을 말하지 않은 건 다정이의 속 깊은 행동이었겠지. 컨닝 많았다고 담임에게 보고하는 것만도, 평소 말수 적고 심성 고운 그 애로선 얼마나 힘든 일이었을까?

'컨닝이라니. 말도 안 돼. 우리 반에선 결코 있을 수 없는 일이야.'

기말 시험은 이제 첫째 날 네 과목을 치렀을 뿐이고 둘째 날, 셋째 날…… 시험들이 줄줄이 기다리고 있었다. 이튿날부터 그녀는 매일 시험 자리를 바꾸었다. 시험 감독도 수시로 바꾸어 담임인 자기가 들어갔고 조회나 종례 때엔 엄격한 훈화로 쐐기를 박았다.

"한 번의 컨닝은 곧 만 번의 컨닝이다. 바늘 도둑이 소 도둑 되는 게 아니야. 어떠한 도둑이든 모두 소 도둑인 거다. 부정행위는 절대 용서 못 해. 알았지?"

부정행위라니. 당치도 않다는 듯 아주아주 온순한 얼굴로 아이들은 제 시험지에서 눈 하나 돌리지 않았다. 담임인 자기 시간에만 그런 게 아니라 다른 선생님 시간에도 그렇게 수험 태도가 좋다고들 했다.

"역시 2학년 3반이야. 평소 수업 태도 좋은 반이 시험 볼 때도 착실하다니까."

"그럼, 담임이 누군데. 애들은 다 즈네 담임 따라가게 돼 있어."

시험 감독을 마치고 나온 교사들마다 한마디씩 칭찬을 던졌고, 그러는 동안 그럭저럭 기말 시험은 끝이 났다.

그런데 일은 뒤늦게 터져 나왔다. 수업이 끝나 아이들은 다 돌아가고 텅 빈 운동장엔 한 조각 겨울 햇살만이 저 혼자 심심해하고 있던 날이었다. 국어 주관식 답안지를 채점하느라 정신이 없는 그녀에게 심덕형 선생이 다가왔다. 첫날 시험을 치른 과학과 교사였다.

“선생님, 바쁘십니까?”

그의 손에 들린 한 묶음 답안지를 보며 그녀는 뭔가가 잘못됐음을, 그가 무슨 말을 하려는지를 한순간에 깨달았다.

“주관식 열 문제 중 아홉 문제의 답이 똑같아요. 아홉 문제를 똑같이 맞히고 한 문제를 똑같이 틀렸어요.”

“뭐라구요?”

“뒷번호 애들 대부분이 똑같은 답입니다. 맞은 것뿐 아니라 틀린 답도 똑같으니…….”

더 들을 것도 없었다. 머리가 아찔해지며 가슴은 쿵 하고 내려앉았다. 그녀는 격해 오르는 감정을 애써 추스리며 심 선생에게 물었다.

“몇 명이나 컨닝을 했죠?”

그리고 다음 순간 비명에 가까운 소리를 질러야 했다.

“예? 열다섯 명요?”

그녀는 소리를 내어 “열다섯 명” 하고 계속 신음하지 않을 수 없었다.

'열다섯 명…… 마흔세 명 중에서 열다섯이면 삼분의 일이 넘어. 우리 반에서 삼분의 일이 컨닝을 했단 말이지?'

그 말을 자기가 잘못 들었으면 했고, 그 자리에 자기가 있는 게 아니라면 싶었다. 어디론가 공기처럼 사라져 버리고 싶었다.

"어떻게 하는 게 좋겠습니까?"

심 선생이 조심스레 물어 왔다. 그의 얼굴 가득 묻어 있는 곤혹스러움이 고통스레 그녀를 응시하고 있었다. 그녀, 금빛여중 2학년 3반의 담임인 정이수 선생은 낮은 목소리로 또박또박, 천천히, 힘주어서 대답했다.

"어떻게 하다뇨? 원칙대로 처리해야지요. 부정행위자는 다 영점 처리하고, 주동자를 가려내 처벌해야지요."

심 선생의 얼굴에 놀라움이 번져 갔다.

"그렇게 되면 선생님네 반 아이들 피해가 클 텐데요?"

"피해라뇨? 잘못한 거 벌 받는 것이 왜 피해가 됩니까?"

"…… 알았습니다. 우선 제가 진상을 한번 알아보죠."

심 선생은 무겁게 발을 끌며 자기 자리로 돌아갔다.

'열다섯 명이라구?'

온몸의 피가 솟구치는 듯하였다. 집단 컨닝. 이런 일은 흔치 않다. 시험 때마다 반에서 한두 명은 컨닝으로 걸리기도 하고 간혹 속도 썩이지만 이렇게 열다섯 명이 한꺼번에 집단으로 컨닝을 하는 경우는 흔치 않은 것이다. 그런데 그 흔치 않은 일이 바로 우리 반에서 일어나다니……. 그녀의 가슴은 꽝 폭발해 버릴 것만 같았다. 느닷없이 눈물이 차오르기도 하였다. 그러나 도대체 어찌 된 일인지 영문을 알아보기 전까진 이를 악물고 눈물은 참기로 했다.

다음 날 그녀는 조마조마 가슴을 졸이며 3교시 수업이 끝나기를 기다렸다. 심 선생이 그녀의 담임 반에서 과학 수업을 하는 시간이었는데 '진상'을 알아본다 하였으니 이제 그 '결과'가 나오게 될 것이다. 길고 긴 3교시의 45분이 드디어 지나가고 끝종이 울리자 4반 수업을 서둘러 끝낸 그녀는 미리 교무실로 돌아와 아예 심 선생 자리로 가서 기다렸다. 한참이 지나서야 그가 돌아왔다. 손에는 아이들이 노트를 찢어서 쓴 편지가 한 묶음 들려 있었다. 아이들이 스스로 작성한 '진상 보고서'가 될 그 편지 묶음들을 그녀는 차라리 애처로운 눈빛으로 둘러보았다.

"애들은 어떻던가요? 반성 좀 해요?"

"글쎄요, 선생님."

그가 뭐라 하려는데 넷째 시간을 알리는 종이 울린다. 또 수업에 들어가야 했다.

이상하게도 점심시간과 오후 내내 보이지 않던 과학 선생이 어제보다 더 침통한 표정으로 찾아온 것은 종례 시간이 다 되어서였다.

"선생님, 아무래도 제가 잘못 알았던 것 같습니다."

"잘못 알다뇨?"

"애들이 몇 문제 남의 답안지를 보긴 봤어도 집단 컨닝까진 아닌 것 같아요."

심 선생은 그녀의 담임 반 아이들이 써서 제출한 '편지'를 한 장 한 장 넘기기 시작했다.

나도 컨닝은 했다. 솔직히 그때 컨닝할 때 무지 떨렸다. OMR 카드를 내고 나서 걸리진 않을까 싶어서 무척 걱정 많이 했다. 괜히 했나, 싶은 생각도 들었고, 온갖 생각이 다 들었다.

이렇게 시인한 아이는 불과 두 명뿐. 나머지 아이들은 한결같이 '억울하다'고 쓰고 있었다. 어찌나 완강하게 부인들을 하고 있는지 정말 이거 잘못 판단한 게 아닌가 하는 생각이 들 정도였고…… 그중에서도 '부인'의 백미는 난희의 글이었다.

정말 억울하다……. 우리도 내신 들어가는 이 시점에서, 어떤 아이가 남에게 베풀겠냐 이 말이고……. 답안지를 돌릴 용기는 어디에서 나며, 책 볼 용기는 또 어떻게……. 한숨밖에 나오지 않는다……. 정말 억울하다.

그 이름처럼 환한 난희의 모습이 눈앞에 아른거린다.

"만약 이 아이들 글이 사실이라면, 선불리 처리했다가 큰일이라도 날 것이고……. 참 곤란하군요."

과학 선생은 천천히 말하며 그녀를 쳐다보았다.

"그럼 선생님은, 집단 컨닝은 아니라 그 말씀이세요?"

"이 애들 글로 봐서는……. 정말 미심쩍어요. 다른 앤 몰라도 난희는 그럴 애가 아니잖습니까? 어떻게 하는 게 좋을지 모르겠습니다."

"그럼 제가 다시 조사해 보겠어요."

'하필이면 우리 반에서 이런 일이 일어나 정말 죄송합니다.'라는 이런 한마디 사과로 매듭지을 일은 아니었으나 그녀로선 그 말밖에는 달리 할 소리가 없었다.

심 선생으로부터 건네받은 진술서를 다시 찬찬히 들여다보던 그녀가 어느 한 장에서 눈길을 딱 멈추었다.

'나도 컨닝은 했다.'

영지의 글씨였다. 익명의 솔직성을 기대한 과학 선생은 무기명으로 써도 좋다고 한 모양이었다. 난희나 현주는 이름을 밝히며 절대로 부정행위는 없었다고 장담하고 있는데 이름을 쓰지 않은 한 소녀가 '나도 컨닝은 했다'라고 쓰고 있다. 그리고 글씨의 주인공은 영지였다. 담임인 정이수 선생, 그녀는 국어 교사였고, 일 년 동안 아이들의 독서 공책을 수십 번 읽어 온 사람이다. 자기 반 아이들의 필적이야 한눈에 알아볼 수 있는 담임이었을 뿐 아니라 수업 들어가는 학생들의 글씨체까지도 다 알고 있는, 국어 교사였던 것이다. 그녀는 영지의 글을 교무 수첩에 끼워 넣고서 교실로 들어갔다.

웅성거리던 교실이 일제히 침묵으로 돌입했다. 항상 다정하기

이를 데 없는 저희들의 담임 선생님이 전에 없이 결연한 표정으로 들어온 것이다.

"박영지, 나한테 오고 다른 사람은 남아 있어."

여교사 휴게실로 담임을 따라온 영지는

"누구지? 네가 누구 답안지를 베낀 거야?"

묻는 그녀의 질문에 울음부터 터뜨렸다.

"제가 베낀 것이라기보다는요, 답안지가 저한테로 온 거예요."

진술서에다 '(컨닝을) 괜히 했나?'라고 썼던 이 아이는 울다가 울다가 겨우 이름 하나를 떨구었다. 미영.

미영이는 승미를 댔고 승미는 다시 수정이로부터 쪽지를 받았다고 고백했다.

그렇게 줄줄이 이어진 이름이 열다섯. 그녀를 치떨리게 했던, 그토록 슬프게 하였던 열다섯 명이었다.

'무려 네 종류의 컨닝 페이퍼가 교실 뒤편을 다 돌았다고?'

부들부들 떨리는 손으로 그녀는 이번 컨닝 사건의 피라미드 꼭지점에 네 명의 이름까지 써 넣을 수 있었다. 현주, 인영, 미란 그리고 난희. 모두 썩 괜찮은 아이들이었다. 학과 성적도 상위였고 리더십도 있었다. 그런데 어찌 이럴 수 있을까.

양난희. 그녀의 자랑이었던 난희. 그런 제자 하나만 있어도 정말 선생 하는 보람 느끼겠다며 다른 교사들이 부러워했던 아이, 의심하던 과학 선생마저 믿게 만든 난희의 진술서를 담임이 다시 읽어 본다.

'우리도 내신 들어가는 이 시점에서, 어떤 아이가 남에게 베풀겠냐 이 말이고……. 책 볼 용기는 또 어떻게……. 한숨밖에 나오지 않는다……. 정말 억울하다, 억울하다, 억울하다…….'

난희는 진술서 한 장에서 억울하다는 말을 무려 세 번이나 외쳐 대고 있었다. 그런데 공부 잘하는 이 아이가 바로 맨 처음으로 답안지를 돌렸다. 아예 책상 밑에 과학책을 꺼내 놓고 답을 베껴 쓴 아이도 난희였음에 틀림없다는 사실도 드러났다.

뒤통수를 한 대 맞은 것 같다느니, 믿었던 도끼에 발등 찍힌다느니 하는 따위의 그 진부하기 짝이 없는 말들로 그녀의 머릿속이 뒤엉키기 시작했다. 분노가 찾아온 것은 그 다음이었고 슬픔은 훨씬 나중에 찾아들었다. 그녀는 간신히 일어나 교실로 향하였다.

저희끼리 소곤소곤 웅성웅성 모여 있던 아이들은, 담임 선생의 모습이 나타나기 무섭게 다람쥐 새끼들처럼 쪼르르 자기 자리로들 미끄러져 가 앉는다. 전에는 귀엽기만 하던 그 몸짓조차 얄밉고 방정맞아 보인다.

아이들은 숨죽이며 저희 담임을 지켜보고 있다. '저는 결백해요.' 선언하는 듯한 표정으로 미동 없는 입매를 내보이는 앞줄 쪽의 아이들. 뒷줄 쪽의 어떤 아이는 미리 고개를 푹 숙이고는 가끔씩 눈을 가늘게 올려 그녀를 힐끔힐끔 쳐다보기도 한다. 이제 무슨 일이 일어날지 아이들은 이미 알고 있는 듯했다.

한동안 잠자코 서서 아이들을 바라보고 있던 그녀가 이윽고 입을 열었다.

"김미영 일어나. 넌 누구한테 쪽지 받았어?"

맨 뒷줄 창가에 앉아 있던 미영이가 비칠거리며 일어났다. 교실 안의 모든 시선을 한꺼번에 모아 버려 마냥 버거워진 표정으로. '왜 하필 내가 맨 처음 불렸을까.' 힘겨워 하며 조금은 파랗게 질린 채, 아이는 팔짱을 끼고 자기를 쳐다보고 있는 선생님을 한번 보더니 체념한 듯 얼굴을 푹 떨구며 기어가는 소리로 대답했다.

"승미…… 요……."

"승미 일어나. 넌 누구한테서 받았지?"

"저……."

"이미 다 알고 있어. 솔직히 말해."

"수정이한테서요."

"수정이, 넌?"

더러는 코를 훌쩍이기도 하고 더러는 옆자리 짝의 팔을 꼭 눌러 잡으며 아이들은 한 명 한 명 일어났다. 그렇게 일어선 아이들이 교실 뒤편의 두 줄을 하나하나 채워 가는 모습을, 그녀, 정이수 선생은 냉정한 얼굴로 지켜보았다. 교실 뒷자리 아이들은 이제 전부 다 일어서 있다. 아, 열다섯 명.

이윽고 주동자로 알려진 난희의 차례이다. 정이수 선생은 가슴에 날카로운 통증을 느끼며 나지막하게 물었다.

"양난희, 네가 맨 처음 시작했다는 게 사실이야?"

난희는 담임 선생의 눈을 피하며, 그러나 또렷한 목소리로 대답하였다.

"아니에요. 저도 누군가에게서 쪽지를 받았을 뿐예요."

"누구에게서?"

"잘 모르겠어요. 저는 문제 풀려고 고개를 숙이고 있었고, 갑자기 쪽지가 와서 받았을 뿐 고개는 들지 않아서 어디서 전해져 온 건지 모르겠어요."

"그럼 네가 책상 밑에 과학책을 펴 놓고 보고 썼다는 것도 사실이 아니란 말야?"

그녀는 이미 교단에서 내려와 난희 앞에 서 있었다.

"책을 보다뇨? 누가 그런 소릴……."

그 순간이었다. 찰싹! 짤막한 파찰음. 앗! 짧은 비명 소리.

반 아이들은 자신들의 눈을 의심했다. 담임 선생님이 난희의 뺨을 때린 것이다. 2년 동안 배웠지만 단 한 번도 매를 댄 적이 없는 선생님이, 더구나 뺨을 때리다니!

"정직하게 말 못 해?"

그녀는 이제 소리를 지르고 있다. 애써서 유지하려 했던 냉정과 침착은 난희의 거짓말과 함께 사라져 버렸다. 미칠 듯한 심정이 되어, 약속이나 한 듯 차례차례 부인하는 난희와 현주, 인영, 미란에게 소리를 질렀다. 그리고 손을 올려부쳤다.

여기저기서 훌쩍거리는 소리. 완강하게 부인하는 네 명의 아이들. 찰싹, 폭발하는 분노. 이어지는 흐느낌.

아수라장이 된 교실을, 뒷편 게시판에 붙은 사진들이 물끄러미 내려보고 있었다. 예쁘고 예쁜 소녀들과 멋진 담임 선생님이 뒷 배경의 코스모스보다도 더 환하게 웃고 있는 사진. 바로 지금 울고 있는 현주의 생일에 촛불 켜 놓고, 빤짝이는 색종이를 온 교실에 뿌려 놓고 찍었던 사진. 국어 시간에 즐거웠던 연극의 장면장면들. 그 사진들이 내쉬는 한숨 때문인 듯했다. 그녀의 머리가 통증으로 깨어질 지경에 이른 것은. 오랫동안 없었던 두통이 다시 시작된 것이다.

이튿날 저녁, 그녀는 빈 교무실에 오래도록 앉아 있었다. 다른 교사들도 다 퇴근해 버리고, 숙직하는 홍씨 아저씨만 난롯불을 한 번 보고 다녀간 교무실은 그대로 적막강산이었다. 그러나 그보다 더 적막강산인 것은 정이수 선생의 마음이었다. 자기 반 아이들의 진술서를 읽고 또 읽으며 그녀의 마음은 한없이 허허로워져만 갔다.

'어떻게 우리 반, 내 반 아이들이 집단 컨닝을 할 수 있었을까?'

'왜 난희네들은 그렇게 완강히 부인하다가 뺨 한 대씩 얻어맞고서야 정직하게 털어놓았을까?'

'열다섯 명이나 컨닝을 할 정도로 반 분위기가 흐트러져 있었다면 이미 학급 전체가 가담한 거나 마찬가지 아닐까?'

자기의 교실은 이제 끝났다고, 그녀는 생각했다. 담임으로서뿐 아니라 국어 교사로서도 목숨은 끝났다고. 집단 컨닝을 한 반의 담임이 어떻게 교사라고 스스로 말할 수 있을까, 감히.

망연히 앉아 있던 그녀가 다시 확인하듯 아이들의 글 가운데서 하나를 가려내어 읽는다. 컨닝에 가담하지 않은 아이의 글이었다.

시험 첫날 과학 시간, 감독으로 문근수 선생님께서 들어오셨다. 그 선생님이 들어오시자 끝줄 정도 아이들이 좋아라고 환호성을 질렀다. 조마조마한 마음으로 시험을 치는데 문근수 선생님의 호통 소리로 교실이 어수선해졌다.

"저 옆에 쪽지 뭐야?"

그것은 인영이가 현주에게 준 쪽지였다. 인영이는 당황했는지 "시험 다 쳤으면 같이 화장실 가자고 썼는데요." 하고 선생님께 말했다. 문근수 선생님께서는 그 쪽지를 보지도 않고 인영이의 말 한마디 가지고 얼버무리셨다. 이렇게 과학 시험이 끝났다.

그런데 아이들로부터 엄청난 사실이 내 귀로 들어왔다.

"난희, 책 펴 놓고 컨닝했어."

"야, 뒤에 애들 정답 카드 돌렸다."

전체적으로 "뒷 애들 다 컨닝했어." 하는 이야기를.

과학 선생님께서 들어오셔서 실망스럽다는 말과 함께 컨닝 명단을 말하고 그에 대한 답변을 들었다. 난희는 죽어도 공식적인 카드밖에 보지 않았다 했고, 보람이와 민지는 난희와 현주가 책 꺼내는 거 봤고 쪽지 돌리는 것도 다른 아이들이 봤다고 말했다. 난희는 울고…….

이렇게 끝나고 오늘 우리 선생님의 조사로부터 무려 15명이 단체로 컨닝을 했다는 것이 밝혀졌다. 15명이라니……. 우리도 솔직히 놀랐다.

우리들 때문에 2학년 전교생이 과학 시험을 다시 치르게 되었다. 우리 반에서 네 개의 컨닝 페이퍼가 돌고 있었는데 나도 몰랐다. 컨닝한 아이들도 잘못이지만 눈치채지 못한 나도 잘못이다. 교과 선생님께 죄송하고 우리 이수 선생님, 실망시켜 드려 정말 죄송하다.

3

과학과 재시험은 어제 치러졌다.

"이걸로 이번 일은 마무리 짓지요."

심 선생은 그렇게 말했다. 그러나 그녀는 "아뇨." 하고 단호히 대답했다.

"그래, 정 선생. 재시험 봤으면 그걸로 됐어. 거 애들한테 훈계나 잘 해서 매듭짓도록 하세요."

교감과 학생부장도 이렇게 얘기했다. 그러나 그녀는 역시 "아닙니다."라고, 더욱 단호하게 대답했다.

"부정행위자에 대한 처벌 규정이 있을 것 아닙니까? 교칙대로 처벌해야 합니다."

"허, 참. 다른 사람들이 벌 주겠다고 해도 담임은 대개 봐달라고들 하는데 정 선생은 거꾸로구만."

칭찬인지 비아냥인지 모를 웃음으로 받아넘기며 교감은 더 이상 아무 말 하지 않았다. 그녀, 정이수 선생의 성정을 이미 알고 있는 터이다. 그 선생을 좋아하는 사람들은 '아름다운 원칙주의자'라 칭찬했고, 싫어하는 사람들은 '대책 없는 고집쟁이'라고 욕을 한다.

'그래도 그렇지, 자기 반 애들을 벌주자고 먼저 나서는 선생은 내 평생에 또 처음 보는군.'

교감은 이런 생각을 하며 일찌감치 퇴근해 버렸다. 그녀는 늦도록 혼자 교무실에 남아 일을 했다. 열다섯 명의 부정행위자들을 다시 주동자, 적극 가담자, 단순 가담자 세 가지 유형으로 분류하고 담임의 의견서도 썼다. 머리는 계속 깨질 것처럼 아파 와서 두통약을 연신 먹어야 했다. 요 며칠 거의 밥을 먹지 않은 빈속에 두통약만 먹어 대니 속까지 쓰리다.

지쳐서 녹초가 된 몸으로 집에 돌아오니 밤 열한 시인데 전화가 신경질을 내며 혼자 쟁쟁거리고 있다.

"선생님, 어딜 갔다 이렇게 늦게 오십니까? 계속 전화했는데……."

인영이 어머니는 다짜고짜로 소리를 지르기 시작했다.

"밤늦게 웬일이세요?"

"밤늦게나마나 선생님이 어떻게 우리 애한테 그럴 수가 있습니까? 아니, 애들이 그까짓 컨닝 좀 할 수도 있는 거지. 그걸 가지고 그렇게 들들 볶아 대고. 자라나는 애들한테 그럴 수 있는 거예요?"

얼마나 소리를 질러 대는지, 전화기를 놓아도 말소리들이 거기서 서로 밀치며 쿵쾅쾅 뛰쳐나올 것만 같다.

"그리고 얘길 듣자니 딴 선생님들은 용서해 주자는데도 담임이 나서서 벌주자고 했다는데 그게 사실예요?"

"사실입니다."

"세상에, 설마 했더니. 세상에, 어떻게 그럴 수가 있어요? 아니, 기가 막혀서 말이 다 안 나오네. 막말로, 그래, 선생님은 학교 다닐 때 컨닝 한 번도 안 했어요? 그리고 과학은 영점 처리하기로 했다는데 그걸로 된 거지, 벌은 또 무슨 벌이냔 말야. 입시 바뀌어서 얘네들부터 고등학교 내신으로 들어가는데 세상에, 빵점 받으면 얼마나 불리할지 그래, 선생이 돼가지고 그런 생각도 안 해 봤단 말이에요?"

듣다듣다 화가 나서 뭐라고 맞받아쳤는지 기억도 나지 않는다. 사십여 분을 전화로 싸우고 난 뒤 침대에 푹 쓰러지며 그녀는 '어떻게 내게 이런 일이 일어났지?' 생각을 해 본다. 학부모로부터 이렇게 모욕을 받아 본 적이 없다. 길에서 이제 인영이 어머니를 만나면 서로 얼굴을 돌려 버릴 것 같다. 여전히 속은 쓰리고 머리는 타는 듯 아프다.

4

다음 날 오후, 금빛여중 교무실에서는 학기말 고사 부정행위자 처벌에 관한 직원회의가 열렸다. 학생부장 교사의 책상 위에는 아이들이 3차로 쓴 경위서가 놓여 있었다. 아침 일찍 학생부장에게 불려와 쓴 글이었다. 그녀가 수업에 들어갔다 오니 아이들이 우르르 학생부장의 자리 옆에 꿇어앉아 엎드린 채 경위서를 쓰고 있었다.

"선생님, 왜 애들을 이렇게 꿇어앉히셨습니까?"

"그거야 죄를 지은 애들이니 그렇지."

"아직 아니지요. 어떤 잘못을 했는지 알아보려고 지금 경위서 쓰는 것 아닙니까? 그러니 아직은 이렇게 무릎 꿇고 앉아서 쓰지 않아도 되잖아요? 애들을 일어나게 해 주세요."

언제나 그런 생각을 해 왔었다. 학생부에 불려오는 아이들은 왜 꼭 차디찬 시멘트 바닥에 개처럼 엎드려 경위서니 반성문이니 써야 하는 걸까를. 설령 아주 큰 잘못을 했다 할지라도 아이들을 그렇게 대접해서는 안 된다는 생각을.

옥신각신 끝에 학생부장이 못마땅한 눈짓으로 아이들을 상담실로 몰고 가 받아 온 그 경위서였다. 학생부장이 그 글들을 큰 소리로 읽어 나갔다.

"2학년 3반 양난희 학생은……."

"다음, 2학년 3반 김인영은…… 2학년 3반 박……."

그녀는 아이들 이름이 불릴 때마다 그 이름이 날카로운 비수가 되어 자기 가슴에 콕콕 찔리는 것만 같았다. 몸을 앞으로 숙인 채 손을 깍지 끼고 열심히 듣는 사람, 무신경한 표정으로 허공을 응시하는 사람, 교무 수첩 밑에 깔아 놓은 신문을 읽고 있는 사람……. 그 가운데서 그녀 혼자 마음에 피를 뚝뚝 흘리며 앉아 있었다.

이어서 그녀, 정이수 선생이 일어나 담임 의견을 말하기 시작하였다. 신문을 읽던 최 선생이 '어디 네 말은 한번 들어보자.' 하는 표정으로 고개 들어 그녀를 본다.

"우선 많은 분들이 의문을 품고 계신 점에 대해서 말씀드리려 합니다. 다른 사람들이 그냥 덮어 두자는 걸 도대체 왜 담임이 나서서 처벌을 해야 한다고 주장하느냐, 의아스럽게 여기시는 분들이 많다는 것, 저도 알고 있습니다. 어젯밤엔 학부형으로부터도 그런 전화를 받았어요. 저보고 아주 몰인정할 뿐 아니라 교육의 기역자도 모르는 선생이라고 욕을 하더군요."

교무실의 모든 사람들이 그녀를 주시한다.

과학을 가르치는 심 선생은 곤혹스럽기 그지없다. 컨닝이 그가 가르치는 과학 과목 시험 때에 발생했다는 것 때문이다. 어제도 그는 정이수 선생에게 이렇게 말했었다.

"제가 아이들에게 겁을 주었나 봅니다. 성적이 나쁜 애들에게는 다시 시험을 보이겠다 했거든요."

그는 아이들이 국어·영어·수학에만 치중하는 것이 늘 불만이었다. 과학 시간에 관심을 갖도록 하고 싶었다.

시험 감독을 들어갔던 문근수 선생은 그저 눈만 끔벅거리며 앉아 있다.

'손녀딸처럼 귀엽고 이쁜 그 가시내들은 수업 시간에도 언제나 그렇게 활기가 넘치고 발랄했지. 시험 때도 평소처럼 그러려니 했지, 그렇게 컨닝을 심하게 할 줄이야 뉘 알았겠나? 그래도 정년을 앞두고 일이 터졌으니 망정이지, 안 그랬다면 참 어쩔 뻔했나?'

그는 내년 2월까지만 그럭저럭 버티면 될 거라는 생각에, 직원회의에도 별 관심이 없다.

> 과학 시험 시간, 분위기가 무척 어수선했다. 감독 선생님을 본 순간 아이들은 땡 잡았다 하는 마음인 것 같았다. 나 역시 그 선생님이 만만하게 느껴지는 것은 부인할 수 없었다.

한 학생의 진술서에서 이런 대목을 읽긴 했어도 별로 개의치 않는 심정이다. 그래도 자기에게 '할아버지 선생님'이라며 곧잘 따르던 아이들이 단체로 벌을 받게 된다는 걸 생각하면 마음이 좀 찡하기도 하다. '에이, 그거 그냥 덮어 두어도 될 걸 가지고…….' 마냥 아쉬운 마음으로 이 생각만 되풀이하고 있는 그의 귀에 정이수 선생의 목소리가 꽂혀 온다.

"…… 그 프로그램 보신 분들도 여기 계실 텐데 아마 저처럼 분한 마음으로 보셨을 거예요. 저는 컨닝이란 행위가 바로, 남의 둥지 속의 알을 떨어뜨려 죽여 놓고 거기다 자기 알을 낳는 그 뻐꾸기의 얌체, 몰염치, 뻔뻔함과 같다고 생각합니다."

그리고 자기 반 아이들은 교칙에 따라 공정하게 벌을 받는 것이 옳다는 의견으로 말을 맺었다.

결정은 오래 걸리지 않았다. 주동자 4명 유기 정학 7일, 적극 가담자 5명 정학 5일, 단순 가담자 6명 정학 3일.

그녀는 눈을 감고 아이들의 얼굴을 하나씩 떠올렸다. '7일씩이나…….' 비록 정학의 개념이 봉사 활동으로 바뀌어 매일 학교에 나온다고는 해도 7일 동안은 수업엘 못 들어온다는 얘기다. '그렇게 많은 줄 몰랐어.' 생각하며 그녀는 애원하듯 소리쳤다.

"7일은 너무 많아요."

모든 사람들이 그녀를 본다. 어느덧 눈물까지 글썽이며 그녀가 다시 호소한다.

"한 학급에 7일씩이나 아이들 자리가 우수수 비어 있다고 생각해 보세요. 학년 말이라 정리할 것도 많은데……. 기간만큼은 어떻게 조절 안 될까요?"

그때 교감이 나섰다. '주동자'는 5일, '적극'은 3일, '단순'은 근신으로 하자고. 모두 고개를 끄덕였다.

"또 한 가지 의견이 있습니다. 처벌 학생 명단을 복도 게시판에 붙이는 거…… 그거, 하지 않았으면 좋겠어요."

그것도 정이수 선생의 의견에 따르기로 하였다. 그들은 마치 아주 운이 없는 친구를 돕는 듯한 마음으로, 하마터면 자기가 당할 수도 있었던 것을 피했다는 심정으로, 그렇게 한껏 너그러워져 있었던 것일 게다.

5

“애들이 컨닝 좀 했다고 정학을 때린 모양인데, 학교측엔 잘못이 없소? 시험 감독을 철저히 했으면 그래, 왜 컨닝 같은 걸 했겠냐구. 감독 선생의 무능, 태만 때문에 오히려 학생들이 피해를 본 꼴이 아니냔 말요.”

한밤중 전화를 받으니 상대방은 술 취한 목소리로 이렇게 떠들고 있었다. 금방이라도 이쪽으로 쳐들어올 듯한 기세였다. 그러나 그도 만만한 사람은 아니었다. 학생부장을 오래 하다 보면 참 별의별 학부모도 다 만나게 된다. 점잖게 그가 대답한다.

“하실 말씀 있으시면 내일 학교로 오셔서 말씀하시지요.”

“그놈의 학꾜 내가 왜 가? 내 말 잘 들으쇼. 애들만 피해 보게 할 순 없고. 내가 그 선생도 가만 안 둘 테니…….”

“아, 그 선생님도 그 일에 책임지고 시말서를 쓰셨습니다.”

“흥, 시말서? 그까짓 시말서 열 장 쓰면 어떻고 백 장 쓰면 무슨 소용 있어? 아무튼 감독 선생 때문에 학생들만 피해 봤다구, 지방 언론에 다 알릴 테니 그리 아쇼.”

학생부장의 눈이 번쩍 빛나며 목청이 높아졌다.

"뭐라구요? 언론에 알려? 알릴 테면 알려 보십시오. 그렇게 되면 신문에 학교 이름만 납니까? 학생 명단 나가고, 자연히 부모 이름도 나갈 텐데……. 어디 한번 알려 보시라니까요."

"……."

한 방 맞은 것처럼 상대방은 아무 소리 못 한다.

학교에서 간밤의 이 전화 사건을 전해 들은 정이수 선생은 그 학부모가 군청의 무슨 과장이라는 인영이 아버지임을 대뜸 알아차렸다. 같은 내용의 전화를 교장, 교감도 한밤중에 받았다 한다. 그녀는 또 인영이 어머니의 전화로 밤새 시달려야 했다.

한편으로는 선생님이 걱정됩니다. 비록 혼날 만해서 혼내 준 것이지만 걔네 부모님들께서 가만 있진 않으실 텐데……. 선생님, 아무리 몰상식한 부모들이 선생님을 괴롭히더라도 선생님께선 끄떡도 하지 마세요, 네?

전에 한 아이가 진술서에 이런 글을 쓴 적이 있었다. '참, 아이가 별 걱정도 다 하네.' 했었는데.

지방 소도시 학교의 이 사건은 어느새 쫙 하니 소문이 번진 모양이었다. 그러나 더 커다란 사건은 금빛여중 2학년 3반에 일어나고 있었다.

학급은 둘로 쫙 갈라졌다. 인영이파와 보람이파.

컨닝에 가담했던 열다섯 명은 자기들끼리만 어울려 다니면서 컨닝 사실을 담임에게 처음 얘기한 실장 다정이와 보람이, 정희를 죽어라고 미워했다. 그 애들은 도시락도 저희끼리 모여서 먹고 집에 갈 때도 모여서 우르르 함께 다녔다.

한편, 담임 정이수 선생으로 말하자면, 그녀는 컨닝한 아이들을 도저히 용서할 수가 없었다.

'정 떼라고, 미련 때문에 떠날 수 없을까 봐 정 떼라고 이런 일이 일어나는구나.'

한숨을 쉬며 그녀는 5년 전 금빛여중에 오던 날을 떠올렸다. 복직해서 처음 만난 이 학교의 아이들은 그 얼마나 가슴 떨리는 작은 애인들이었나! 해직 5년의 기나긴 공백을 보상이라도 하려는 듯 얼마나 열정을 쏟았던가!

5년을 멋지게 마무리하고 상큼히 다른 학교로 떠나려 했는데 이런 일이 터져 버렸다.

그녀는 이제 웃지도 않았고, 종례 시간에 노래도 부르지 않았으며, 말조차 하지 않았다. 수업에 들어가면 아이들 얼굴 보기가 싫어 뒤돌아서 내리 필기만 했다. 하고 싶은 말도 전부 칠판에다 적었다.

"저런 게 다 무슨 소용 있어? 너희들처럼 거짓투성이 애들한테!"

소리치며 급훈도, 시간표도, 게시판도 다 떼어 버려 교실은 썰렁하기 이를 데 없었다. 그러다가도 어느 날은 또 그 게시판이 흉물스럽기 그지없어 "게시판 저대로 둘 거야?" 소리를 빽 지르기도 했다.

어느 날, 자기 반의 국어 시간. 다른 때와 마찬가지로 팔이 떨어지도록 필기를 하고 있는데, 그녀의 가슴속에서 갑자기 눈물이 솟구쳤다.

'이 꼴 보려고, 결국 요 모양이 되려고 그렇게 열심히 이것들을 가르쳤단 말인가? 창의적인 수업을 하겠다며 얼마나 뛰어다녔나? 토론 수업입네, 시 녹음을 합네, 연극합네, 모둠별로 비디오를 찍네…… 온 학교를 휘저으며 수선 떨더니 결국 집단 컨닝이냐고, 딴 선생들이 얼마나 나를 비웃을까?

그 수많은 독서 공책들. 한 명 한 명 독서 공책에다 편지를 써주느라 밤을 꼴딱 새운 적은 또 몇 번이었나. 그래도 그저 뿌듯했는데. 그래, 요것들은 겨우 이 꼴로 나를 대접한다 이 말이지?'

눈물은 이제 걷잡을 수 없이 줄줄 흘러내린다. 그동안 참고 참았던 눈물둑이 그예 터져 버린 모양이다. 행여 아이들에게 들킬까 봐 숨죽여 울다가 문득 그녀는 생각했다.

'저희들 때문에 담임이 얼마나 슬퍼하는지, 그것들도 알아야 해.'

그래서 돌아서서 운다. 고개를 푹 숙이고 필기만 하던 아이들은 느닷없이 맞부딪친 담임 선생의 눈물에 어쩔 줄 몰라 쩔쩔매다가…… 이윽고 여기저기서 가느다란 흐느낌이 터져 나온다.

"흑흑, 용서해 주세요."

그러나 그녀의 마음은 풀리지 않는다.

"용서해야지…… 하다가도, 고것들이 1차 진술서에서 고렇게 딱 잡아떼던 걸 생각하면…… 아유, 다시 치가 떨려요. 용서가 안 된단 말이에요."

어느 날 저녁, 지회 모임에서 그녀는 이렇게 토로했다.

"그래도 선생님, 요즘 같은 시대에 친구한테 보여 주느라 컨닝을 했다는 건, 얼마나 '안 이기적'인 행동입니까? 그 점을 생각하십시오."

이웃 남자 중학교의 허 선생이 선량한 눈을 끔벅이며 조심스레 말한다.

"안 이기적이라고요? 안 그래도 난희는 진술서에다 컨닝이 잘못인 줄은 알지만 '오직 우정 때문에'라고 썼더라구요. 오직 우정 때문에? 그렇다고 그게 정당화되는 건 아니잖아요."

"아무리 화가 나도 교사가 먼저 용서해야지, 어쩌겠습니까. 아이들인데……."

"애들이 한 일, 그저 한 번 웃고 넘겨 버리지 뭘."

"그 열다섯 명만 선생님 제자 아니잖아요. 나머지 애들을 생각해 보세요."

사람들은 이런 얘기들로 애써 그녀를 위로했다. 그러나 그녀는 그 어떤 말로도 위안받지 못하였으니, '아이들로부터 배신당했다'는 치떨림과 '나는 실패한 교사다'라는 자괴감 때문이었다.

6

방학에 들어가는 날이었다.

여전히 싸늘한 얼굴로 교실에 들어간 그녀는 깜짝 놀랐다. 교실은 온통 꽃으로 뒤덮여 있었다. 교탁 위에는 김이 무럭무럭 나는 시루떡이 탐스럽고, 예쁘게 포장된 선물 꾸러미는 비밀을 속살거리는 표정으로 그녀를 향해 고개를 갸웃한다. 케이크 위에는 촛불이 켜져 있다. 어리둥절해하는 그녀의 눈에 게시판이 들어왔다. 놀랍게도, 이사 가고 난 집의 현관처럼 어수선하던 게시판이 멋지게, 정말로 멋지게 꾸며져 있는 게 아닌가! 오늘 아침까지만 해도 텅 비어 있던 게시판이다. 무슨 재주로 이 애들은 저걸 하루 만에 다 채웠담?

"그리고 선생님, 저번에 게시판 그냥 저렇게 둘 거냐고 저희한테 화내신 적 있으시죠? 그 전부터 저희는 게시판 할 것 다 정해 놓고 점심시간, 쉬는 시간, 종례 마치고 집에 가는 그 시간을 이용하여 게시판 준비를 했어요. 하지만 오늘 선생님을 기쁘게 해드리고 싶어서, 선생님께서 저희에게 화내실 때 저희는 간지러운 입을 꼭 쥐어 가며 가슴앓이를 했어요……."

실장인 다정이가 낭독하는 편지글을 듣다가 저도 모르게 그녀가 미소를 지었다. '간지러운 입을 꼭 쥐어 가며…….' 중학교 2학년 소녀들에게 그게 얼마나 어려운 일인지는 여러분도 너무나 잘 아시리라.

편지를 다 읽은 다정이가 반 아이들의 편지가 전부 끼워져 있는 파일을 내밀며 "선생님, 이제 제발 화 푸시고 용서해 주세요." 라고 말했다. 제비새끼들처럼 나머지 아이들도 일제히 "용서해 주세요." 합창한다. 그녀의 눈이 게시판 윗편에 머물렀다. 교실 뒷벽 꼭대기에 커다란 글씨로 '선생님, 잘못했어요.'라고 쓰여져 있다. 그녀의 눈길을 애타게 좇으며 숨죽이는 아이들.

"그래, 너희들 마음은 알겠다. 그런데 왜 진작 이렇게 하지 않았니? 난 너희들이 찾아오길 기다렸어. 가끔은 선생님도, 아니, 어른들도 위로받고 싶은 때가 있는 거야. 나 역시 그랬어. 헌데 너흰 오지 않았어. 그렇게 애타게 기다렸는데도……."

"저흰 선생님을 깜짝 놀라게 해 드릴려구 그랬어요."

"그런 너희들 마음 잘 알아. 하지만 우린 마음의 주파수가 서로 어긋난 것 같구나. 모든 건 때가 있는 법이다. 사과도 그렇고, 용서도 그렇고, 내 마음은 이제 지친 것 같다."

그래도 예전보다 마음의 얼음장이 많이 녹은 것은 사실이었다. 아이들은 얼마나 애태우며 이날을 기다렸을까.

그러나 누그러지려는 마음을 가로잡아 낚아채는 것은 여전히 지워지지 않는 주동자 네 명의 1차 진술서였다. 컨닝 사실을 알린 보람이네들이 잘못했다며 악을 쓰고 미워하던 고것들. 억울해 죽겠다던 호소. 이 두 가지가 너무나 미웠다.

'다른 아이들은 다 용서해도 고것들만은 용서 못 해, 절대로.'

그녀는 악몽을 되새기듯 마음에 진저리를 치며 생각을 다잡곤

하였다.

어쨌든 겨울방학이라는 쉼표는 상처투성이의 나날로부터 그녀를 잠시 놓아주었다. 다른 방학과 마찬가지로 연수에도 참가했고 밀린 책도 읽었으며 여행도 했다. 그러나 무얼 하든, 어딜 가든 마음속에는 언제나 무거운 돌덩이가 가라앉아 있었다.

그런데 내일이면 개학인 것이다.

개학이 점점 다가올수록 풀지 못한 숙제를 앞에 둔 어린 학생처럼 초조하기 이를 데 없었는데 내일이면 고것들의 얼굴을 다시 보아야 한다는 생각에 벌써부터 가슴이 답답해진다.

설렘, 불현듯 아이들이 확 보고 싶어지는 마음, 조금 들뜬 느낌……. 그랬다. 15년의 교사 생활 동안 개학 전날엔 언제나. 헌데 오늘은 하루 종일 이다지도 무거운 심정으로 뒤척이고 있다니.

'도대체 고것들은 뭐가 그리 억울했을까? 한번 그 애들 말을 들어 보긴 해야 하겠지?'

길고 긴 궁리 끝에 그녀는 문득 이러한 결론에 다다랐다. 그러고 보니 컨닝 사건 이후로 그 네 명과 한 번도 마음을 열고 이야길 나눈 적이 없다. 아예 그들에게는 눈길조차 주지 않았다.

한번 이야기나 들어 보자는 심사로, 늦은 밤 열 시 반에 그녀는 전화를 걸었다. 난희는 놀라더니 나중엔 계속 울기만 했다.

"그래, 이제 말해 봐. 뭐가 그렇게 억울했는지."

"잉잉, 저는 보여 주기만 했는데 보고 쓰다가 들킨 애들과 똑같이 취급되는 게 슬프고 억울했어요."

어처구니가 없다. ‘잘못’에 대한 생각이 이렇게 다를 수 있을까.

“하지만 제가 첨에 컨닝 안 했다고 잡아뗀 건 잘못했어요.”

“그러면 내가 이제 어떻게 하는 게 좋겠니?”

“잉잉……. 옛날처럼 웃으며 똑같이 대해 주세요, 잉잉.”

선생님이 너무나 불같이 화를 내시기에 무서워서 아무 말도 못했어요, 라고 그 애는 덧붙였다. 얼마나 얘기하고 싶었다구요…….

7

좀처럼 잠이 오지 않았다. 그녀는 몇 번이나 뒤척이다가 그예 다시 일어나 책상 위의 전기 스탠드를 켰다. 서랍 깊숙이 넣어두었던 아이들의 진술서 한 뭉치. 이제 이걸 비로소 태울 수 있겠구나 생각하며 무심히 넘기던 그녀가 “아 —” 하고 가늘게 한숨을 쉬었다.

은혜. 성적은 하위였고 지각 대장이었다. 청소 시간에는 늘 도망갔으며 숙제도 항상 하다 만 공책으로 내곤 했다. 의지도 약했다. 이런 은혜는 뒷번호였는데 그녀는 당연히 그 애가 컨닝에 연루되었다고 믿었다. 그래서 누구 걸 베꼈느냐고 다그쳤다.

“전 몰라요.”

저는 상관없다는 듯 그 애가 애매한 말투로 대답했다. 그녀는 발을 구르며 소리를 질렀다.

"쪽지를 받았어, 줬어?"

"전 모르는데요."

은혜가 다시 말을 흐렸다. 그녀의 손이 그 애의 뺨에서 불을 뿜었다.

"온 교실이 아수라장이 되고 네 종류의 페이퍼가 돌았다는데 니가 뒷자리에 앉아서 그걸 몰랐다니 말이 돼?"

대답은 여전했다. 저는 몰라요, 어벙벙한 말투로. 그녀는 다시 은혜의 뺨을 때렸다.

그런데 나중에 알고 보니 은혜는 그 즈음 뒷자리 아이들과 싸워서 왕따 상태에 놓여 있었다. 그러다 보니 컨닝에서도 따돌림 당한 상황이었다. 몇몇의 아이들이 그 사실을 밝히며 "솔직히 말한 은혜도 뺨을 맞았다. 왜 맞았는지 모르겠다."라고 썼는가 하면, "컨닝한 아이들이 맞은 건 잘 맞았다고 생각되지만 은혜의 뺨을 때리신 건 잘못되었다고 생각합니다. 선생님 입장에서 보면 안 그래도 화가 나는데 은혜가 말을 돌려 하니깐 더 화가 치밀어 은혜를 때릴 수도 있었겠지요. 하지만 은혜 입장에선 얼마나 억울할지 생각해 보셨나요? 얼마나 억울할지……." 이렇게 강력하게 항의하기도 했었다.

그런데 정작 은혜 자신은 어떠했던가? 그 애의 글은 단 세 줄이었다.

선생님께

저도 조금은 억울한 일은 있지만 말하진 않겠습니다.

용서해 주세요.

그녀는 은혜의 글을 찾아 입으로 되뇌어 보았다.

"저도 조금은 억울한 일은 있지만 말하진 않겠습니다."

열다섯 살 아이가 이렇게 관대할 수 있을까.

갑자기 뜨거운 것이 가슴에서 치밀어 오르며 눈물이 주르르 흘러내렸다. 컨닝에서조차 소외당한 왕따로서 동정받아야 할 처지에 오히려 매만 흠뻑 맞은 아이, 은혜.

그런데도 그 애에게 사과 한마디 하지 않았다. 아이들의 잘못에는 그리도 펄펄 뛰었던 자기가 억울하디 억울한 한 아이에게는 아직 아무런 말도 하지 않았던 것이다.

'게다가 아이들 빰을 때렸지……. 그건 분명 내가 잘못한 거야. 자기가 한 짓을 생각지 않고 당한 것만 생각하고는 그렇게 불행해 했다니.'

그녀는 고운 카드를 한 장 찾아내어 은혜에게 편지를 썼다. 참 오랜만에 어린 제자에게 써 보는 편지였다. 내일 오후엔 그 애를 위해 시내 책방에서 책을 고를 것이다.

이상한 일이었다. 그제야 비로소 촛불처럼 화안해지는 마음결에 '용서'라는 낱말이 아른아른 무늬 지어 흐르는 것은. 난희, 인영, 현주, 그리고 인영이 어머니의 얼굴이 하나씩 스쳐 간다.

'은혜 때문에 내가 구제받았구나.' 생각하며 그녀는 오래도록 어둠 속에서 가만히 눈을 감고 있었다.

개학날 아침, 그녀, 정이수 선생은 치자빛 투피스를 멋지게 차려입고 상큼하게 집을 나섰다. 천천히 차를 몰며 창밖을 보니 어느새 개울가에 보송보송 버들강아지가 피어나고 있다. 꼭 중학교 2학년, 열다섯 살 소녀의 목덜미 솜털 같은 고것들. 봄이 오나 보다.

방학 동안 얼마나 달라졌을까. 불현듯 아이들이 와락 보고 싶어진다.

임정아

《여성중앙》 현상문예에 시가 당선되었고, 동아일보 '신동아 넌픽션'에 당선된 바 있습니다. 교육 소설 모음집 《닫힌 교문을 열며》에 단편 〈은철이〉를 발표하였으며, 교육 산문집 《너의 외로움을 믿는다》를 펴냈습니다. 현재 국어 교사로 근무하고 있으며, 교육문예창작회 회원으로 활동하고 있습니다.

:: 내용 되새기기

1 정이수 선생님은 컨닝한 학생들을 어떻게 처리했나요?

2 정이수 선생님이 특히 '난희'를 용서할 수 없었던 이유는 무엇인가요?

3 마지막에 정이수 선생님이 아이들을 용서하는 마음을 갖게 된 것은 무엇때문인가요?

:: 생각 넓히기

1 제목 '버들강아지'는 무엇을 비유한 것일까요?

2 "애들이 그까짓 컨닝 좀 할 수도 있는 거지. 그걸 가지고 그렇게 들들 볶아대고……." "막말로 선생님은 학교 다닐 때 컨닝 한 번도 안 했어요?"와 같은 인영 어머니의 말에 대하여 어떻게 생각하나요?

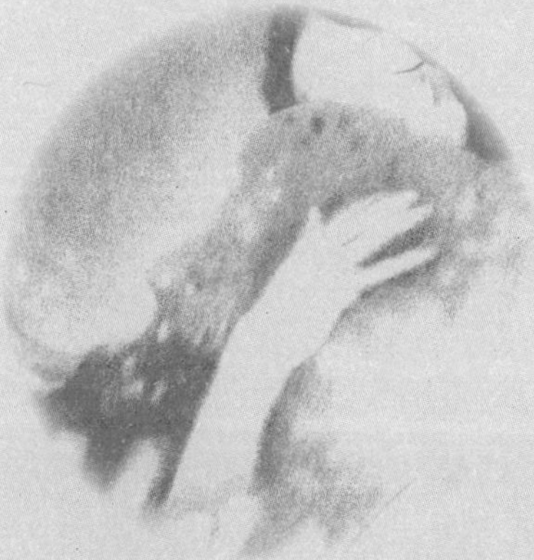

우리 형

|

임영윤

수백 송이의 꽃들이었다. 이제껏 그렇게 많은 꽃을 본 적이 없었다. 배달하는 사람들도 이렇게 많은 꽃을 배달해 보기는 처음이라는 말을 했다. 하얀 눈밭 위에 수백 송이의 아름다운 꽃들이 펼쳐져 있었다.
정말 황홀하도록 아름다운 풍경이었다. 누가 보냈는가 보았더니 바로 형.이.었.다.

월말의 은행 창구는 참 붐빈다.

오늘은 선명회 후원 아동에게 후원금을 부치는 날이다. 그동안은 자동이체로 후원금을 냈었는데 지난 달에 자동이체에서 지로로 바꿨다. 대기표를 받고서 북적대는 사람들을 물끄러미 바라보며 조금은 지루한 시간을 보내고 있다. 물론 자동이체가 편하긴 하지만……. 형도 나처럼 이렇게 지루해 했을까?

아마 아닐 것 같다. 오늘에서야 나는 왜 형이 그 손쉬운 이체로 하지 않고 그렇게 고집스럽게 한 달마다 꼬박꼬박 지로 용지를 썼었는지 형의 마음을 조금은 알 것 같기도 하다.

우리 형은 언청이였다. 어려운 말로는 구개열이라고도 하는데 입천장이 벌어져서 태어나는 선천성 기형의 한 종류였다. 세상에 태어난 형을 처음으로 기다리고 있던 것은 어머니의 따뜻한 젖꼭지가 아니라 차가운 주사 바늘이었다.

형은 태어나자마자 수술을 받아야 했고 남들은 그리 쉽게 무는 어머니의 젖꼭지도 태어나고 몇 날 며칠이나 지난 후에야 물 수 있었다. 형의 어렸을 때 별명은 방귀신이었다. 허구한 날 밖에도 안 나오고 방에서만 시간을 보냈기 때문이었다. 하기는 밖에 나와 봐야 동네 아이들의 놀림감이나 되기 일쑤였으니 나로서는 차라리 그런 형이 그저 집 안에만 있어 주는 게 고맙기도 했다.

나는 그런 형이 창피했다. 어린 마음에도 그런 형을 두고 있다는 사실이 부끄럽게 느껴졌다. 형은 국민학교에 입학하기 전에 두 번째 수술을 받았다. 비록 어렸을 때였으나 수술실로 형을 들여보내고 나서 수술실 밖 의자에 꼼짝 않고 앉아 기도드리던 어머니의 모습은 지금도 잊혀지지가 않는다. 형을 위해서 그렇게 간절한 기도를 올리고 있는 어머니를 보니 은근히 형에 대한 질투심이 들었다. 어머님이 그렇게 기도드리던 그 순간만큼은 저 안에서 수술받고 있는 사람이 형이 아니라 나였으면 하고 바랐던 것 같기도 하다.

어머니는 솔직히 나보다 형을 더 좋아했다. 가끔씩 자식들의 어린 시절을 회상하시는 어머니의 말씀 속에서 항상 형은 착하고 순한 아이였고 나는 어쩔 수 없는 장난꾸러기였다.

"그네를 태우면 형은 즐겁게 잘 탔었는데, 너는 울고 제자리에서 빙빙 돌다가 넘어지고 그랬지."

형은 나보다 한 해 먼저 국민학교에 입학했다. 수술 자국을 숨기기 위해 아침마다 어머니는 하얀 반창고를 형의 입술 위에다가 붙여 주시고는 했다. 나 같으면 그 꼴을 하고서는 창피해서 학교에 못 갈 텐데 형은 아무 소리도 않고 매일 아침 등굣길에 올랐다. 형이 학교에서 어떻게 지냈는지는 잘 모르지만 아마 고생께나 했던 것 같다.

언제부턴가 형에게는 말을 더듬는 버릇이 생기고 있었다. 나는 그런 형을 걱정해 주기는커녕 말할 때마다 버벅거린다고 '버버리'라고 놀리고 그랬다. 형이라는 말 대신 버버리라고 불렀고 내 딴에는 그 말이 참 재미있는 말로 생각되었다. 어머니가 있는 자리에서는 무서워서 감히 버버리란 말을 못 썼지만 형하구 단둘이 있는 자리에서는 항상 버버라 버버라 이렇게 부르곤 했다.

형은 공부를 잘했다. 항상 반에서 일등을 하였다. 비록 한 학년 차이가 나긴 했지만 형의 성적표는 나보다 항상 조금 더 잘 나오곤 했다. 어쩌면 그런 형을 질투하고 시기하는 마음에서 더 그런 말을 쓰고 했었는지도 모른다.

언젠가 형이 어머니에게 무진장 매맞은 적이 있었다. 그러니까 내가 국민학교 2학년 때였다. 그때 나는 그 당시 내 또래의 다른 아이들과 마찬가지로 한참 만화와 오락에 빠져 있어 항상 용돈이 부족했다. 그래서 매일 밤 어머니의 지갑에서 몇백 원씩을 슬쩍하고는 했었고, 그러다 어느 날은 간 크게도 어머니의 지갑에서 오천 원이나 훔쳐서(그 옛날 오천 원은 참 큰돈이었다.) 텔레비전 위의 덮개 밑에 숨겨 두었는데 그게 그만 다음 날 아침에 발각이 되고 말았다.

어머니는 당연히 나를 의심했다. 어머니는 무서운 분이었다. 게다가 그 며칠 전부터 어머니가 돈 문제로 고민하고 계셨던지라 두려운 마음에 나는 절대 그런 적이 없었다고 철저하게 잡아뗐다. 다음에 어머니는 형을 추궁했다. 형은 처음에는 무슨 영문인 줄 몰라 했다. 찰나의 순간이었지만 나는 염치없게도 형의 대답에 한 가닥 희망을 걸고 그 위기를 빠져나오기를 고대하고 있었다.

그런 나를 잠시 바라보더니 형은 어머니에게 잘못했다고 말했다. 어머니는 믿었던 형이었기에 더욱더 화가 나셨고 나는 죽도록 어머니에게 매맞고 있던 형을 그저 바라보고 있을 수밖에 없었다. 형이 매를 맞는 모습을 보니 철없던 내 마음에도 형에게 그렇게 미안할 수가 없었다.

어머니가 방을 나가 버리고서 방 한구석에 엎드려 있던 형에게 가까이 다가가 보았더니 형은 숨조차 고르게 쉬지 못하고 사시나무처럼 몸을 떨고 있었다. 그 후 얼마 동안은 형에게 비버리라는 말도 안 하고 고분고분 지냈다. 그러던 어느 날 우리 동네에서 젤루 쌈 잘하던 깡패 같은 녀석이 형을 괴롭히고 있는 것을 보았다.

그 녀석은 형하구 나이가 똑같았는데 질 나쁘기로 소문난 녀석이었다. 나는 형에게 빚진 것도 있던 만큼 형을 위해서 그 자식과 싸웠다. 싸우다가 보니 그 녀석의 코에서 피가 흐르고 있었다. 원래 애들 싸움은 먼저 코피 나는 쪽이 지는 것인지라 나는 기세등등하게 그 녀석을 몰아붙이기 시작했는데 형이 갑자기 나를 말리는 것이었다.

나는 한참 싸움이 재미있던 판에 형이 끼어들자 화가 버럭 났다. 하지만 지은 죄가 있어 아무 말 하지 않고 물러서고 말았다. 그런데 웬일인지 그 후로 그 깡패 녀석과 형이 아주 친해지기 시작했다. 형은 사람을 아주 편하게 해 주는 구석이 있었다. 사실 나는 형의 그런 면이 마음에 안 들었다.

그런 면 때문에 내가 어머니한테 귀여움을 더 못 받고 있었다고 생각했기 때문이었다. 형과 그 깡패 녀석의 집에 놀러 간 적이 있었는데 그 녀석이 장롱 밑에서 담뱃갑을 꺼내더니 형하고 나한테 권하는 것이었다. 그때 담배라는 걸 처음 피워 보았다. 형과 나는 콜록콜록대며 피웠는데 그걸 본 그 깡패 자식이 좋아라 웃던 기억이 난다.

형은 국민학교 5학년 때 세 번째 수술을 받았다. 그 후로는 입술 위에 반창고 붙이는 짓은 그만두게 되었다. 그래도 여전히 말더듬는 버릇은 잘 고쳐지지 않았다. 언제부턴가 나는 다시 형에게 버버리란 말을 쓰기 시작했다. 그러다가 TV에서 '언청이'란 말을 처음 듣게 되었다. 처음에는 그 말이 무슨 뜻인지 잘 몰랐는데 얼마 후에 그 말이 바로 우리 형과 같은 사람을 뜻하는 것이라는 걸 알게 되었다. 나는 그런 희귀한 단어를 알게 된 게 참 신기했다.

그리고 며칠 후 형에게 버버리 대신 언청이라는 말을 썼다. 그 말을 들은 형은 마치 오래전부터 그 말을 알고 있었던 것처럼 담담한 표정으로 듣고 있더니 내 머리에 꿀밤을 먹이면서 "그 말을 이제 알았구나." 하며 웃어 주었다. 왠지 그런 형에게 조금은 미안한 마음이 들어 형에게 다시는 언청이라는 말을 쓰지 않았다. 그러고 보면 나도 그렇게 나쁜 놈은 아니었나 보다.

내가 국민학교 5학년 다닐 적 어버이날이었다. 학교가 파하고 집에 돌아왔는데 어머니가 방 안에서 소리 없이 울고 계시는 모습을 보았다. 무슨 편지 같은 걸 읽으시면서 울고 계셨다. 어머니는 잠시 후 그 편지를 조금은 초라하게 생긴 핸드백 안에 넣으셨다. 나는 어머니가 방을 나가신 후 몰래 들어가 그 핸드백을 열어 보았다.

그 안에는 조금 빛바랜 편지 봉투부터 쓴 지 얼마 안 되어 보이는 편지까지 있었다. 나는 어머니가 지금 막 읽으셨던 듯한 편지를 꺼냈다. 형이 쓴 편지였다. 형이 매해 어버이날마다 썼던 편지를 어머니는 그렇게 모아 놓고 계셨넌 것이있다.

편지 내용을 읽어 보고는 나는 왜 그토록 어머니가 형을 사랑하고 형에게 집착하는지(그때 나에게는 어머니의 형에 대한 사랑이 집착으로 느껴졌다.) 조금은 이해하게 되었다. 만약 내가 형처럼 태어났다면 나는 나를 그렇게 낳은 부모를 원망하고 미워했을 텐데 형은 그 반대였다. 오히려 자기가 그렇게 태어남으로 인해 걱정하고 마음 아파하셨을 어머니에게 용서를 빌고 또 위로하고 있었다.

어느덧 한 해가 또 지나고 형은 중학교에 입학하게 되었다. 그 다음 해 나도 중학교에 올라갔는데 한집에서 살고 있음에도 형과 나는 다른 학교를 배정받았다. 형은 중학교에 올라가서도 항상 일등을 했다. 나도 공부를 꽤 잘하는 편이었는데 항상 형보다는 조금 못했다.

그런데 언제부터인가 형이 일기를 쓰고 있다는 사실을 알게 되었다. 가끔씩 형의 일기를 훔쳐보곤 했는데 형은 시인이었던 것 같다. 형이 지은 시는 이해하기가 참 쉬웠다. 교과서에 실린 시들처럼 복잡한 비유나 은유 같은 것도 없었고 아무리 무식한 사람이 읽어도 무슨 뜻인지 알 수 있을 그런 시를 많이 썼다. 그런데 읽고 있으면 나도 모르게 눈물 한 방울이 맺히는 그런 시들이었다. 나는 형이 썼던 시들을 참 좋아했던 것 같다.

고등학교에 진학해서 나는 형의 영향으로 '쌍밤'이라는 문학 써클에 가입하게 되었다. 연합 써클이라 여학생들도 참 많았다. 한집에 사는데도 불구하고 중학교는 형과 다른 곳을 다녔는데 고등학교 때는 형과 한 학교를 다니게 되었다. 나는 또 고등학교 때 갑자기 키가 부쩍 자라 형보다 10센티미터는 더 크게 되었다.

게다가 나는 얼굴도 어디를 가나 빠지지 않을 정도로 잘생겨서 여학생들에게 인기가 많았다. 나는 형이 불쌍했다. 키도 작지, 그렇다고 얼굴이 잘생겼기를 하나, 말을 잘하나. 형을 보며 나는 무언가 우월감 같은 것을 느끼기 시작했다. 하지만 그런 것에 형은 전혀 무감각했다. 마치 이 세상 사람이 아닌 것처럼 보였다.

어느 맑은 가을날이었다. 집을 나서는데 참새 한 마리가 대문 앞에 죽어 있었다. 나는 얼굴을 잔뜩 찡그리고 다시 집 안으로 들어가서 착한 일 한답시고 빗자루와 쓰레받기를 들고 나왔다. 참새를 쓸어 담아 쓰레기통에 버리려고 했다. 그때 형이 대문을 나왔다.

나는 형이 칭찬을 해 줄 것으로 알고 잔뜩 기대했는데 형은 모처럼 착한 일 하려고 하는 나를 만류했다. 그러더니 손수건을 꺼내 그 죽은 새를 담아 집 뒤의 야산으로 올라가는 것이었다. 나는 학교에 늦을까 봐 미리 집을 나섰다.

형은 그날 지각을 해서 운동장에서 기합을 받았다. 팍팍한 다리를 두드리며 올라오는 형에게 참새는 어떻게 했냐구 물어보니까 뒷산 양지바른 곳에 묻어 주고 왔다고 했다. 그러면서 참새를 묻고 나서 기도를 했다고 했다. 나는 내심 그깟 죽은 새 한 마리 땅에 묻고 나서 기도는 무슨 기도냐며 그래도 궁금해 형에게 뭐라고 기도했냐구 물었더니 형은 슬픈 얼굴로 대답했다.

"만약 이 다음 어느 생엔가 내가 오늘의 너처럼 어느 집 앞에 쓸쓸히 죽어 누워 있으면 그때는 니가 나를 거두어 주렴."

형은 고등학교 2학년 겨울에 또 수술을 받았다. 정말 그놈의 수술은 끝이 없는 것 같았다. 어머니 말로는 형의 수술비로 집 한 채 값이 날라갔다고 한다. 우리 집은 가난했었다. 국민학교 때까지는 일 년에 두 번씩 이사를 다녔다. 우리 집을 가지는 게 소원이었다. 거기다가 형의 수술비까지 대느라 언제나 쪼들렸다. 아버지가 벌어 오시는 것으로는 어림도 없었다.

어머니는 언제부터인가 돈놀이에 관심을 가지기 시작하셨다. 쉽게 말해서 고리대금업이었는데 어머니는 악착같이 돈을 모으셨다. 채무자들을 어떤 때는 참 심하다 싶게 몰아붙이기도 했다. 부동산에도 손을 대 지금 있는 집도 장만하시고 그러셨다. 어머니는 참 지독하셨다. 그리고 너무 돈에 집착하고 그랬다. 극장도 한 번 안 가셨다. 극장 가서 영화 볼 돈 있으면 차라리 맛있는 걸

사 먹는 게 낫다는 주의셨다.

그런 어머니를 보며 형은 항상 마음 아파했다. 자기 때문에 어머니가 저렇게 되셨다는 것이었다. 형은 어머니에게 누가 될 만한 일은 한 번도 해 본 일이 없었다. 적어도 내 기억에는 그랬다. 하지만 그런 형에게도 어머니 마음에 들지 않는 점이 하나 있었다. 형은 거의 돈을 쓰지 않았는데 그런 형도 돈을 쓰는 곳이 한 군데 있었다. 길에서 거지를 보면 없는 돈에도 항상 얼마씩을 주고는 했다. 그냥 지나치는 법이 없었다.

내가 옆에서 아무리 저런 사람들 도와줘 봤자 소용없는 짓이라고 설교를 해도 소용이 없었다. 그런 형에 대해서 어머니에게 이르면 어머니는 형을 걱정스러운 눈으로 바라보고는 하셨다. 돈이라는 게 얼마나 피나게 모아야 하는 건데 저러느냐는 것이었다. 어머니는 형에게 항상 무서운 세상에 대해서 말하시곤 했다. 그러시면서 말끝머리에는 이런 말을 붙이셨다. "너는 공부 못하면 시체야." 형은 시체가 되지 않기 위해서 그렇게 공부를 열심히 했던 것일까? 그랬던 것 같지는 않다. 지금까지 형이 자기 자신 때문에 뭘 걱정하는 걸 본 적이 없었으니까.

나는 여자들에게 인기가 많았다. 곁에 항상 여자가 많아서 용돈이 부족하곤 했다. 좀 부족하긴 했지만 어렸을 적처럼 어머니 지갑을 뒤지진 않았다. 형이 나 때문에 그렇게 모진 매를 맞았었는데 어떻게 그런 짓을 또 할 수 있겠는가?

그 다음 해 겨울 우리 집에 경사가 하나 났다. 형이 대학에 합격한 것이었다. 그런데 형은 서울의 좋다 하는 대학을 다 마다하고 지방에 있는 P공대를 지망해서 합격했다. 나는 참 알 수가 없었다. 서울이 얼마나 놀기가 좋은데 그 외진 데까지 찾아가는지 이해가 안 되었다.

형이 서울을 떠나던 날. 나는 그때까지 어머니가 그렇게 많은 눈물을 보이시는 건 처음 보았다. 형이 떠난 아침부터 저녁 때까지 손수건이 눈에서 떨어지지를 않았다. 그런 어머니가 보기 싫어 그날은 혼자서 시내를 배회하다가 집에 돌아왔다. 있을 때는 잘 몰랐는데 형이 없어지니까 집 안이 텅 빈 듯한 느낌이 들었다.

형은 자주 편지를 썼다. 그리고 어버이날마다 선물을 들고 집에 찾아오곤 했다. 그런데 재미있는 점은 형은 어머니 생일날에는 선물을 하지 않는다는 것이다. 꼭 어버이날 그렇게 선물을 들고 오고는 했다. 참 아직까지 말하지 않은 게 하나 있는데 형하고 어머니는 생일이 같다. 어머니 말로는 예정일을 보름이나 당겨서 태어나면서 어머니의 생일에 태어났다고 한다.

그리고 띠까지 같았다. 그렇게 되기도 참 힘들 것 같은데 어쨌든 형하고 어머니는 전생의 인연이 참 깊었었나 보다. 형은 어머니 생일날 태어난 걸 항상 어머니에게 미안하게 생각했다. 즐거워야 할 어머니의 생일날, 자신이 그렇게 끔찍한 모습으로 태어나 어머니를 슬프게 한 것이 그렇게 마음에 못이 되었었나 보다. 그러고 보니 형에게는 백일 사진도 없고 돌 사진도 없다.

언젠가는 형이 어버이날 어머니 선물로 비싼 지갑을 사 온 적이 있었다. 어머니도 참, 그 선물을 보시고는 대뜸 하신다는 말씀이 "지갑은 벌써 하나 있는데 가서 다른 걸루 바꿔 올 수 없나?" 그런 말을 하시는 어머니를 보며 형은 그저 빙그레 웃기만 했다. 하지만 어머니는 그 후 그 지갑을 항상 곁에 지니고 다니셨다. 마치 형의 분신이라도 되는 것처럼…….

형은 대학교 2학년 겨울에 또 수술을 받았다. 정말 끝이 없을 거 같던 형의 수술도 그게 마지막이었다. 그때는 집안도 넉넉해져서 형의 수술 비용이 별로 부담이 되지 않았다. 그런데 수술일자가 개강과 이상하게 맞물려서 형은 할 수 없이 한 학기 동안 휴학을 하게 되었다. 어머니는 무척 기뻐하셨다. 형의 얼굴도 많은 수술 덕분인지 약간의 수술 자국을 제외하고는 어느새 정상이 되어 있었다.

하지만 솔직히 말해 형과 이십 년 넘게 살아오면서 형의 얼굴이 이상하다는 생각을 해 본 적은 별로 없었던 것 같다. 한편, 학력고사에 한 번 낙방했던 나도 힘든 재수 끝에 용케 Y대에 입학할 수 있었다. 그해 3월부터 8월까지 우리 집은 참 행복했다. 나는 어머니에게 어렸을 적 형이 매맞았던 사건에 대해 사실대로 말씀드렸고 어머니는 마치 그럴 줄 알았다는 듯이 웃으시며 형과 나를 바라보셨다.

형은 밤마다 어머니가 잠드실 때까지 어깨며 팔다리를 주물러 드리고는 했다. 어머니는 나보다 형이 주물러 드리는 걸 더 좋아하셨다. 형이 안마를 해 주면 그렇게 편하고 좋을 수가 없다는 것이었다. 아마 어머니는 사하라 사막 한가운데라도 형만 옆에 있으면 행복해 했을 것이다. 매일같이 웃음꽃이 피었다.

8월이 되자 형은 복학을 했다. 어머니는 떠나는 형을 보내기가 못내 아쉬웠던지 한 학기 더 휴학하면 안 되느냐고 형에게 말했다. 형은 어머니의 손을 꼭 잡고 언제까지나 언제까지나 어머니 곁에 있을 거라고 말했다. 그러더니 포항으로 떠나 버렸다. 그렇게 몇 달이 흐르고 있었다. 날짜를 세어 보니 조금 있으면 어머니의 생일이자 형의 생일이겠구나 싶었다.

어머니의 생일이 일주일 정도 남았을 때 그날은 왠지 기분이 참 안 좋았다. 어머니는 나보다 더 심하게 느끼시는 것 같았다. 어머니 말씀이 마치 심장이 위로 올려 붙는 것 같은 느낌이 든다고 말하셨다. 그리고 숨을 거칠게 몰아쉬셨다. 나는 어머님이 어디가 편찮으셔서 그러는가 생각했는데 어머니는 형을 걱정하고 계셨다.

아무래도 형에게 무슨 일이 생긴 것 같다는 것이었다. 그렇게 하루 종일을 초조하게 보내시던 어머니가 전화 한 통을 받더니 금세 얼굴이 새하얗게 변해 버렸다. 형이 교통사고를 당했다는 것이었다. 어머니와 나는 부리나케 형이 있는 포항으로 내려갔다.

의사 선생님 말이 머리에서 피를 너무 많이 흘려 소생할 가망이 없다는 것이었다. 오히려 지금까지 숨이 붙어 있는 게 기적이라고 말했다. 하얀 시트를 가슴 위까지 덮은 형이 얼굴에 산

소마스크를 하고 누워 있는 모습이 보였다. 형의 머리맡에 놓인 오실로스코프에는 간신히 이어지고 있는 형의 맥박이 보였다.

어머니는 초점이 흐려진 눈동자로 하염없이 눈물을 흘리시면서 한 걸음 한 걸음 형에게 다가가셨다. 그러시더니 떨리는 두 손을 모아 누워 있는 형의 손을 꼭 잡으셨다. 그 순간이었다. 연약하게 뛰던 형의 맥박이 조용히 긴 수평선을 그리기 시작했다. 마치 사랑하는 어머니를 여태 기다리다가 그제서야 안심하고 떠나는 것처럼…….

차도를 무단 횡단하던 어떤 어린 여자아이를 트럭이 덮치려는 순간 형이 그 앞에 뛰어들었다는 것이었다. 다행히 여자아이는 팔만 조금 다쳤지만 형은 트럭에 치이고 나서 머리를 땅에 부딪히고 말았다고 한다. 어머니는 슬픔에 넋이 나가 버렸는데 나는 그 순간 묘하게도 '참 형다운 최후였구나.' 하는 생각이 들었다. 하느님이 천사를 그렇게 오랫동안 지상에 내버려 두지는 않을 테니까 말이다. 그런 말도 안 되는 생각을 한동안 하며 통곡을 하고 계신 어머니 옆에 넋이 나간 채 서 있었다.

그 다음 며칠 동안 우리 집은 무덤과도 같았다. 어머니는 음식은커녕 물조차 드시지 않았다. 그런 어머니의 모습을 보니 한편으로는 그렇게 떠난 형에게 한없이 원망하는 마음이 생기기도 했다. 어머니는 사흘째 되던 날부터 온몸에 열꽃이 피기 시작했다. 참 지독한 열병이었다. 급히 의사를 불렀지만 의사는 영양제를 놓아 주면서 환자 스스로 일어나야지 별다른 수가 없다는 말을 했다.

나는 어머니에게 산 사람은 어쨌든 살아야 할 거 아니냐고 설득했지만 어머니는 못 듣는 것 같았다. 시간이 흐르자 이제는 지쳐서 더 울지도 못하고 그냥 멍하니 누워만 계셨다. 그리고 밤이 되면 다시 고열에 시달리시고는 했다. 나는 두려운 생각이 들었다. 어머니는 마치 자신의 생일날, 아니 형의 생일날에 맞춰 돌아올 수 없는 저 먼 곳으로 형을 따라 가시려는 것 같았다.

어떻게 할 도리가 없었다. 드디어 어머니의 생일날이, 형의 생일날이 돌아왔다. 그날 아침 눈을 떠 보니 밤새 눈이 내렸었는지 온 세상이 하얗게 반짝이고 있었다. 그리고 어머니와 평소 친했던 동네 아주머니들이 어머니를 위로하려고 한 분 두 분 모여들었다. 아주머니들은 다들 한마디씩 위로의 말을 건넸지만 어머니는 눈조차 감으신 채 아무 말도 못 듣는 것 같았다. 나는 거의 자포자기 상태에 빠져들었다.

그러던 그날 오후였다. 초인종 소리가 들렸다. 나는 또 어느 동네 아주머니겠거니 하고 대문을 열어 주었다. 그런데 정말 태어나서 그런 광경은 처음 보았다. 수백 송이의 꽃들이었다. 이제껏 그렇게 많은 꽃을 본 적이 없었다. 배달하는 사람들도 이렇게 많은 꽃을 배달해 보기는 처음이라는 말을 했다. 하얀 눈밭 위에 수백 송이의 아름다운 꽃들이 펼쳐져 있었다.

정말 황홀하도록 아름다운 풍경이었다. 누가 보냈는가 보았더니 바로 형.이.었.다. 어머니가 어느새 나오셔서 그 광경을 보시고 계셨다. 어디서 그런 기력이 다시 생겼는지 애써 문틀에 의지하며 서 계셨다. 나는 형이 남긴 짤막한 생일 축하 메시지를 어머니에게 보여 드렸다.

"어머니, 오래오래 행복하게 사셔야 돼요. 언제까지나 언제까지나 어머니 곁에서 함께할 겁니다."

어머니의 눈가에 마른 줄 알았던 눈물이 다시 조용히 번지기 시작했다. 언제 꽃배달을 시켰는가 보았더니 자신이 교통사고를 당하기 바로 전날이었다. 생일에는 절대 선물을 하지 않던 형이 꽃 같은 것은 관심에도 없으셨던 어머니에게 이렇게 많은 아름다운 꽃들을 어머니의 생일, 바로 자신의 생일에 보내 온 것이었다. 그때 문득 마당에서 맴돌고 있는 참새 한 마리를 보았다.

언제부터 그러고 있었는지 참새 한 마리가 마당에 앉아 있었다. 내가 자신에게 관심을 보이는 걸 알았는지 참새는 날개를 파닥거리며 날아올라 마당을 한 바퀴 휘 돌더니 하늘 높이 날아오르기 시작했다. 여태까지 나는 그렇게 높이 나는 참새를 본 적이 없다. 그렇게 아득히 날아오르더니 하늘 끝으로 사라져 버렸다.

그날 이후 어머니는 조금씩 기력을 다시 찾기 시작하셨다. 그런데 어머니의 눈빛이 바뀐 걸 알게 되었다. 옛날에는 항상 돈에 얽매이고 근심이 가시지 않던 어머니의 눈빛에 한없는 평화가 감돌고 있었다. 그리고 어머니는 결혼하시고는 나가시지 않았던 성당을 다시 다니기 시작하셨다.

원래 어머니는 결혼하시기 전에 독실한 천주교 신자였다고 한다. 세례명인가 영세명인가 잘은 모르겠지만 어머니의 세례명이 '아네스'였다는 것도 그때 처음 알았다. 아참! 형의 유품을 정리하다 보니 형이 선명회라는 단체에 가입하여 한 어린이를 돕고 있었다는 것을 알게 되었다. 지금 그 아이의 후원자는 바로 나다. 평생에 내가 누군가를 돕는 일 같은 걸 하게 될 줄은 몰랐다.

한 달에 한 번씩 지로로 후원금을 부쳐 주고는 한다. 그동안은 자동이체로 했었는데 그러다 보니까 내가 누군가를 후원하고 있다는 사실조차 까맣게 잊고 지내기가 일쑤였다. 그 애하고 만나봤는데 그 애 말이 형은 크리스마스나 그 애 생일뿐만 아니라 새 학기가 시작하면 학용품도 사서 부쳐 주고 편지도 자주 써 주고 그랬단다.

그 애는 형이 참 보고 싶다며 지금 형은 어디 있느냐고 물었다. 나는 차마 형이 죽었다는 말은 할 수 없었다. 사정이 있어서 저 하늘 너머 먼 나라에 가 있다고만 말해 주었다. 이런저런 이야기를 나누다 다음에 다시 만나기로 약속하고 뒤돌아 걸어가는데 뒤에서 그 애의 목소리가 내 귓전을 때렸다.

"그렇게 좋은 형과 한집에서 매일같이 함께 사시니 얼마나 행복하세요?"

바보같이 그제서야 나는 깨닫게 되었다. 형과 지낸 지난 이십여 년간의 시간이 얼마나 행복했었는가를……. 나는 왜 그렇게 어리석었던가. 아이에게 무어라 대답을 해 주어야 할 텐데 갑자기 목이 메어 오기 시작했다. 그 순간 언제나 나에게 따뜻한 미소를 보내 주던 형의 다정한 얼굴이 떠올랐다.

내가 매일같이 동네 아이들과 어울렸을 때 혼자서 방을 지키던 우리 형은 얼마나 외로웠을까? 학교에서 아이들에게 괴롭힘을 당해 말까지 더듬어 대던 우리 형에게 위로의 말은커녕 그보다 더 괴롭히기만 했던 나는 나쁜 동생이 아니던가? 그런 못된 동생을 위해서 매까지 대신 맞아 주던 착한 우리 형.

아이에게 눈물을 보이지 않으려 애쓰며 천천히 돌아서서 아이에게 이렇게 말했다.

"그럼, 얼마나 행복했는데. 그렇게 좋은 형이 있어서 나는 참 행복하단다."

하지만 아이와 눈이 마주친 순간 눈앞이 그만 부옇게 흐려지고 말았다.

드디어 전광판에 내 대기 번호가 찍혔다. 나는 천천히 은행원 앞으로 걸어가서 선명회 지로 용지와 후원금을 내밀었다. 은행원은 사무적으로 도장을 몇 번 쾅쾅 찍더니 영수증을 나에게 건네주었지만 영수증을 받아 든 순간 나는 왠지 형의 따뜻한 체온이 느껴지는 듯해서 몇 번이고 영수증 종이를 어루만져 보았다.

은행문을 나서니 토요일 오후의 따뜻한 햇살이 나를 반겨 주고 있다. 나는 솔직히 이 애한테 형이 했던 것처럼 할 자신은 없다. 그래도 한번 열심히 노력해 볼 생각이다.

그래야 천사의 동생이 될 자격을 갖게 될 테니까.

《딴지일보》 1998년 7월 20일

임영윤

서울에서 태어났습니다. PC통신 하이텔 문학 모임 '글맛사모'에서 시삽으로 활동하였습니다. 현재는 LG전자기술원에서 연구원으로 재직하고 있습니다.

:: 내용 되새기기

1 '나'가 형을 '버버리'라고 놀린 이유는 무엇인가요?

2 형이 죽은 참새를 야산에 묻어 주며 기도했던 내용은 무엇인가요?

3 형이 어머니의 생일날 어머니에게 선물을 하지 않은 까닭은 무엇인가요?

:: 생각 넓히기

1 '나'는 왜 편리한 자동이체를 이용하지 않고 은행에 직접 가서 지로 용지로 선명회 후원금을 내고 있을까요?

2 이 소설 내용 중 가장 인상 깊은 것은 무엇인가요?

자전거 도둑

박완서

수남이는 자전거를 마치 검부러기처럼 가볍게 옆구리에 끼고 질풍같이 달렸다. 정말이지 조금도 안 무거웠다. 타고 달릴 때보다 더 신나게 달렸다. 달리면서 마치 오래 참았던 오줌을 시원스레 내깔기는 듯한 쾌감까지 느꼈다.

수남이는 청계천 세운상가 뒷길의 전기용품 도매상의 꼬마 점원이다.

수남이란 어엿한 이름이 있는데도 꼬마로 통한다. 열여섯 살이라지만 볼은 아직 어린아이처럼 토실하니 붉고, 눈 속이 깨끗하다. 숙성한 건 목소리뿐이다. 제법 굵고 부드러운 저음이다. 그 목소리가 전화선을 타면 점잖고 떨떠름한 늙은이 목소리로 들린다.

이 가게에는 변두리 전기 상회나 전공들로부터 걸려 오는 전화가 잦다. 수남이가 받으면,

"주인 영감님이십니까?"

하고 깍듯이 존대를 해 온다.

"아, 아닙니다. 꼬맙니다."

수남이는 제가 무슨 큰 실수나 저지른 것처럼 황공해 하며 볼까지 붉어진다.

"짜아식, 새벽부터 재수 없게 누굴 놀려. 너 이따 두고 보자."

이런 호령이라도 들려오면 수남이는 우선 고개를 움츠려 알밤을 피하는 시늉부터 한다. 설마 전화통에서 알밤이 튀어나올 리는 없는데 말이다. 실수만 했다 하면 알밤 먹을 것을 예상하고 고개가 자라 모가지처럼 오그라드는 게 수남이가 이곳 전기 상회에 취직하고 나서부터 얻은 조건반사다.

이곳 단골 손님들은 우락부락한 전공들이 대부분이어서 성질들이 거칠고 급하다. 자기가 요구하는 것을 수남이가 빨리 알아듣고 척척 챙기지 못하고 조금만 어릿어릿하면 '짜아식' 하며 사

정없이 밤송이 같은 머리에 알밤을 먹인다.

수남이는 그 숱한 전기용품 이름을 척척 알아들을 수 있을 만큼 일에 익숙해질 때까지 숱한 알밤을 먹었다.

그런데 일에 익숙해진 후에도 수남이는 심심찮게 까닭도 없는 알밤을 얻어먹는다. 이 거친 사내들은 그런 짓궂은 방법으로 수남이를 귀여워하는 것이다. 예쁜 아이를 보면 물어뜯어 울려 놓고 마는 사람이 있듯이, 이 사내들은 그런 방법으로 수남이에게 애정 표시를 했다.

"짜아식, 잘 잤냐?"

"짜아식, 요새 제법 컸단 말야. 장가들여야겠는데, 짜아식 좋아서……."

그러곤 알밤이다. 주먹과 팔짓만 허풍스럽게 컸지, 아주 부드러운 알밤이다. 그러니까 수남이는 그만큼 인기 있는 점원인 셈이다.

수남이는 단골손님들에게만 인기가 있는 게 아니라, 주인 영감에게도 여간 잘 뵌 게 아니다. 누구든지 수남이에게 알밤을 먹이는 걸 들키기만 하면 단박 불호령이 내린다.

"왜 하필 남의 머리를 쥐어박어? 채 굳지도 않은 머리를. 그게 어떤 머린 줄이나 알고들 그래, 응? 공부 많이 해서 대학도 가고 박사도 될 머리란 말야. 임자들 같은 돌대가리가 아니란 말야."

그러면 아무리 막돼먹은 손님이라도 선생님 꾸지람에 떠는 초등학생처럼 풀이 죽어서 수남이에게 진심으로 미안해 했다. 그

러고는,

"꼬마야, 그럼 너 요새 어디 야학이라도 다니니?"

하며 은근히 부러워하는 눈치까지 보였다. 그러면 영감님은 딱하다는 듯이 혀를 차며,

"아니, 야학은 아무 때나 들어가나. 똥통 학교라면 또 몰라. 수남이는 내년 봄에 시험 봐서 들어가야 해. 야학이라도 일류로, 그래서 인석이 그저 틈만 있으면 책이라고. 허허……."

수남이는 가슴이 크게 출렁인다. 수남이는 한 번도 주인 영감님에게 하다못해 야학이라도 들어가 공부를 해 보고 싶단 말을 비친 적이 없다. 맨손으로 어린 나이에 서울에 와서 거지도 안 되고 깡패도 안 되고 이런 어엿한 가게의 점원이 된 것만도 수남이로서는 눈부신 성공인데, 벼락맞을 노릇이지, 어떻게 감히 공부까지를 바라겠는가.

그러면서도 자기 또래의 고등학생만 보면 가슴이 짜릿짜릿하던 수남이다. 처음 전기용품 취급이 서툴러 시험을 하다 툭하면 손끝에 감전이 되어 짜릿하며 화들짝 놀랐던 것처럼, 고등학교 교복은 수남이의 심장에 짜릿한 감전을 일으키며 가슴을 온통 마구 휘젓는 이상한 힘이 있었다.

그런 수남이의 비밀을 주인 영감님은 알고 있었던 것이다. 수남이는 부끄럽고도 기뻤다.

그래서 수남이는 "내년 봄에 시험 봐서 들어가야 해. 야학이라도 일류로……." 할 때의 주인 영감님이 그렇게 좋을 수가 없다.

그 소리를 듣기 위해서라면 그까짓 알밤쯤 하루 골백 번을 맞으면 대수랴 싶다. 그런 소리를 자기를 위해 해 주는 주인 영감님을 위해서라면 뼛골이 부러지게 일을 한들 눈꼽만큼도 억울할 것이 없을 것 같다. 월급은 좀 짜게 주지만, 그 감미로운 소리를 어찌 후한 월급에 비기겠는가.

수남이의 하루는 눈코 뜰 새 없이 고단하지만 행복하다. 내년 봄 — 내년 봄은 올봄보다는 멀지만 오기는 올 것이다. 그리고 영감님이 잘못 알아서 그렇지 시험 볼 때는 봄이 아니라 겨울이다. 겨울은 봄보다 이르다.

수남이는 온종일 눈코 뜰 새 없이 바쁘게 일을 하고 밤에는 가게 방에서 숙직을 한다. 꾀죄죄한 다후다• 이불에 몸을 휘감고 나면 방바닥이야 차건 더웁건 잠이 쏟아진다.

그럴 때 "인석은 그저 틈만 있으면 책이라고" 하던 주인 영감님의 목소리가 생생하게 들려온다. 수남이는 낮 동안 책은커녕 신문 한 귀퉁이 읽은 적이 없다. 도대체가 그럴 틈이 없다. 점원이 적어도 세 명은 있어야 해낼 가게 일을 혼자서 해내자니 여간 벅찬 것이 아니다. 그래도 수남이는 혹사당하고 있다는 억울한 생각 같은 것은 전혀 없다. 어쩌다 남들이 영감님에게

"꼬마 혼자 데리고 벅차시겠습니다. 좀 큰 애 하나 더 쓰셔야죠."

영감님은 그런 소리를 제일 싫어한다. 벌레라도 씹어 먹은 듯이 이상야릇한 얼굴로 상대방을 흘겨보며,

"누가 뭐 사람 더 쓰기 싫어 안 쓰나. 어디 사람 같은 놈이 있어야 말이지. 깡패 놈이라도 걸려들어 봐. 우리 수남이가 물든다고. 이런 순진한 놈일수록 구정물 들긴 쉽거든."

얼마나 고마운 주인 영감님인가. 이런 고마운 어른을 위해 그까짓 세 사람이 할 일 혼자 못 할까 하고 양팔의 근육이 팽팽히 긴장한다. 그런 고마운 어른이 보지도 않는 책을 틈만 있으면 본다고 남들에게 자랑을 한 뜻은 밤에라도 잠만 자지 말고 열심히 공부해 두라는 뜻일 것이다. 수남이가 그렇게 풀이한 것이다. 그런 생각을 하면 눈이 말똥말똥해지며 잠이 저만큼 달아난다. 혹시나 하고 보따리 속에 찔러 가지고 온 중학교 때 교과서랑 고등학교까지 다닌 형이 쓰던 참고서 나부랭이를 이렇게 유용하게 쓸 줄은 정말 몰랐었다. 책이라야 통틀어 그것뿐이다.

주인 영감님이 심심할 때 사 본 주간지 같은 것이 굴러다닐 적도 있어서 소년다운 호기심이 동하지 않는 것도 아니었지만 "인석이 그저 틈만 있으면 책이라고" 하며 주인 영감님이 가리키는 책이란 결코 이런 주간지 조각이 아닐 것이라는 영리한 짐작으로 수남이는 결코 그런 데 한눈을 파는 법이 없다. 시간이 아까워서라도 그렇게는 할 수 없다.

가게를 닫고 셈을 맞추고 주인댁 식모가 날라 온 저녁을 먹고 나서 혼자가 될 수 있는 시간은 거의 열한 시경이다.

• 다후다 | 광택이 나는 얇은 비단. 여성복, 양복 안감, 넥타이, 리본 등을 만드는 데 쓴다.

그때부터 공부라고 해야 되는 것이다. 그러고도 수남이는 이 동네 가게의 누구보다도 먼저 일어나야 하는 것이다. 수남이의 부지런함은 이 근처에서도 평판이 자자했다.

제일 먼저 가게 문을 열고, 물뿌리개로 골목길에 물을 뿌리고는 긴 골목길을 남의 가게 앞까지 말끔히 쓸고 나서 가게 안 물건 먼지를 털고, 어떡하면 보기 좋을까 연구를 해 가며 다시 진열을 하고 제 몸단장까지 개운하게 끝낸다. 그제야 주인 영감님이 나온다.

주인 영감님은 만족한 듯 빙긋 웃고 "짜아식" 하며 손으로 수남이의 머리를 더듬는다. 그러나 알밤을 먹이는 일은 한 번도 없었다. 따뜻하고 큰 손으로 머리를 빗질하듯 두어 번 쓸어내려 주고는, 부드러운 볼로 해서 둥근 턱까지를 큰 손바닥에 한꺼번에 감쌌다가는 다시 한 번 "짜아식" 하곤 놓아 준다. 수남이는 그 시간이 좋다. 그래서 남보다 일찍 일어나야 하는 것이다.

아직은 육친애에 철모르고 푸근히 감싸여야 할 나이다. 그를 실제 나이보다 어려 뵈게 하는, 아직 상하지 않은 순진성이 더욱 그에게 육친애를 목마르게 한다. 주인 영감님의 든든하고 거친 손에서 볼과 턱을 타고 전해 오는 따뜻함, 훈훈함은 거의 육친애적이었고 그래서 수남이는 그 시간이 기다려질 만큼 좋았고, 꿀같이 단 새벽잠을 떨쳐 낸 보람을 느끼고도 남을 충족된 시간이기도 했다.

그 어느 해보다도 긴 겨울이 가고 봄이 왔다. 내년 봄이 아니라 올봄이 온 것이다. 캘린더에는 벚꽃이 만발해 있었다. 그런데도 그 어느 해보다도 길게 해 먹은 겨울은 뭘 아직도 덜 해 먹었는지 화창한 봄날에 끼어들어 심술을 부렸다. 별안간 기온이 급강하하더니 바람까지 세차게 몰아쳤다.

낮 동안 떼어서 세워 놓은 가게 판자 문이 요란한 소리를 내고 나자빠지는가 하면, 가게 함석 지붕은 얇은 헝겊처럼 곧 뒤집힐 듯이 펄럭대고, 골목 위 공중을 가로지른 전화 줄에서는 온종일 귀신의 휘파람 같은 이상한 소리가 났다.

낮에는 이 가게 골목에서 사고까지 났다. 전선을 도매하는 집 아크릴 간판이 다 마른 빨래처럼 훨훨 나는가 했더니, 곧장 땅으로 떨어지면서 때마침 지나가던 아가씨의 정수리를 들이받고 떨어졌다.

피가 아가씨의 분결 같은 볼을 타고 흘러 흰 스웨터에 선명한 붉은 반점을 줄줄이 그렸다. 피를 보자 다 큰 아가씨가 어린애처럼 앙앙 울어 댔다.

가게마다에서 사람들이 뛰어나왔으나 아가씨를 부축해서 병원으로 달려간 것은 바람에 간판을 날린 전선 도매집 주인 아저씨였다.

사람들은 모두 치료비를 톡톡히 부담해야 할 그 아저씨를 동정했다. 지랄스런 바람이지, 그 아저씨가 무슨 잘못이 있기에 생돈을 빼앗기냐고, 그렇지만 돈지갑 옆구리에 차고 부는 바람 못 봤으니, 그 재수 나쁜 아가씬들 그 재수 나쁜 아저씨한테 떼를 쓸 밖에 도리 없지 않겠느냐고 사람들은 쑥덕댔다.

하여튼 수남이가 알 수 있는 것은 그 아가씨도 그렇고 그 아저씨도 그렇고 오늘 재수 옴 붙었다는 것뿐이었다.

수남이는 문득 자기도 재수 옴 붙을 것 같은 예감이 들었다. 그래서 화들짝 놀라 큰 간판을 다시 점검하고 힘껏 흔들어 보고, 대롱대롱 매달린 아크릴 간판은 아예 떼어서 안에다 갖다 두고, 떼어 세워 놓은 빈지문*은 좁은 옆 골목 변소 앞에 끼워 놓았다.

바람 부는 서울의 뒷골목은 흉흉하고 을씨년스러웠다. 먼지는 물론 온갖 잡동사니들이 다 날아들어 쓰레기 무더기를 만들었다. 쓸어도 쓸어도 당해 낼 도리가 없었다.

손님도 딴 날보다 적고 수남이는 까닭없이 마음이 울적했다.

시골의 바람 부는 날 풍경이 생생하게 떠올랐다. 보리밭은 바람을 얼마나 우아하게 탈 줄 아는가, 큰 나무는 바람에 얼마나 안달맞게 들까부는가*, 큰 나무와 작은 나무가 함께 사는 숲은 바람에 얼마나 우렁차고 비통하게 포효하는가, 그것을 알고 있는 것은 이 골목에서 자기 혼자뿐이라는 생각이 수남이를 고독하게 했다.

전선 가게 아저씨가 어두운 얼굴을 하고 돌아왔다. 가게 주인들이 우르르 전선 가게로 모였다. 아가씨의 안부보다도 그 아가씨 손해가 얼마인가, 모두 그것이 궁금한 모양이었다.

수남이네 주인 영감님도 가더니, 한참 만에 돌아오면서 하늘을 쳐다보며 욕지거리를 했다.

"육시랄 놈의 바람, 무슨 끝장을 보려고 온종일 이 지랄이야."

아마 전선 가게 아저씨 손해가 대단했던 모양이다. 그래서 동정 삼아 그렇게 화를 내는 눈치다. 하긴 그런 일이 아니더라도 서울 사람들에게는 바람이 손톱만큼도 반가울 리가 없겠다. 바람의 의미를, 간판이 날아가는 횡액•, 한없이 날아오는 먼지, 쓰레기, 그것밖에 모르니까.

봄바람이 게으른 나무들에게, 잠든 뿌리들에게, 생경한 꽃망울들에게 얼마나 신기한 마술을 베풀고 지나갔나를 모르니까. 봄바람이 한차례 지나고 거짓말같이 화창하고 아늑하게 갠 날, 들판이나 산등성이에 있어 본 적이 없을 테니까.

수남이는 다시 한 번 울고 싶도록 고독해진다.

전화를 받은 주인 영감님이 좀 생기가 나더니 계산서를 작성해 주면서 ××상회에 20와트 형광 램프 다섯 상자만 배달해 주고 오란다. 가까운 데 있는 소매상에서는 이렇게 전화 주문으로 배달까지를 부탁해 오는 수가 많다. 수남이는 자전거도 잘 타 배달이라면 문제도 없다.

그래도 오늘은 바람이 유난해서 조심하느라 형광 램프 상자를 밧줄로 꼼꼼히 묶는다. 주인 영감님까지 묶는 걸 거들어 주면서,

• 빈지문 | 한 짝씩 끼웠다 떼었다 하게 된 문.
• 들까부는가 | 위아래로 심하게 흔들리는가.
• 횡액 | 뜻밖에 닥친 불행.

"인석아, 까불지 말고 조심해. 사고 내 가지고 누구 못할 노릇 시키지 말고."

오늘 장사가 좀 잘 안 돼서 그런지 말씨가 퉁명스럽긴 했지만, 나쁜 말은 아닌데도 수남이는 고깝게 듣는다.

꼭 네깐 놈 다칠 게 걱정이 아니라 나 손해 볼 게 겁난다는 소리로 들린다.

수남이는 보통 때 같으면 "할아버지, 다녀오겠습니다." 하고 신바람 나게, 그리고 붙임성 있게 외치고는 방긋 웃어 보이고 나서야 페달을 밟고 씽 달렸을 터인데, 오늘은 왠지 그래지지가 않는다. 아무 말 안 하고 자전거를 무거운 듯이 질질 끌다가 뭉기적 올라타면서 느릿느릿 페달을 젓는다. 주인 영감님이 뒤에서 악을 쓴다.

"인석아, 조심해. 까불지 말고."

주인 영감님의 목소리가 회오리바람을 타고 이상하게 날카롭고 기분 나쁘게 들린다. 수남이는 '쳇' 하고 혀를 차고는 도망치듯 씽 자전거의 속력을 낸다.

형광 램프를 ××상회에 부리고 나서 수금하는 데 또 한참이 걸린다. 장사꾼의 생리란 묘한 데가 있다.

수남이는 아직도 그 생리만은 이해가 안 될뿐더러 문득문득 혐오감까지 느끼고 있다.

금고에 돈을 수북이 넣어 놓고도 꼭 땡전 한 푼 없는 얼굴을 하고 도무지 돈을 내주려 들지를 않는다. 조금 있다 오란다. 그

동안에 수금이 되면 주겠다는 것이다.

그러나 이쪽에선 그 수에 넘어가지 말고 악착같이 지키고 서서 받아 내야 하는 것이다. 그것이 수남이가 서울에 와서 점원 노릇 하면서 배운 상인 철학 제 1항이었다.

"아유, 오늘 더럽게 장사 안 된다."

××상회 주인은 니코틴이 새까맣게 달라붙은 이빨 안쪽을 드러내고 크게 하품을 한다. 돈을 빨리 안 주는 변명 같기도 하고, '인석아, 하루 종일 기다려 봐라, 누가 돈을 호락호락 내줄 줄 아니.' 하는 공갈 같기도 하다.

그러나 수남이는 들은 척도 안 하고 장승처럼 버티고 서 있다. 저런 수에 넘어가 호락호락 물러가면 주인 영감님에게 야단맞는 것도 맞는 거려니와, 앞으로 열 번도 넘게 헛걸음을 해야 수금을 끝마칠 수 있기 때문이다.

그것도 목돈이 아니라 오백 원, 천 원씩 푼돈을 녹여서 말이다.

이럴 때 수남이는 이 세상에 장사꾼처럼 징그러운 족속이 또 있을까 싶은 생각이 나서 한숨이 절로 난다. 그러면서도 자기도 어느 틈에 장사꾼다운 징그러운 수를 쓰고 만다.

"오늘 물건 대금은 꼭 결제해 주셔야 돼요. 은행 막을 돈이란 말예요."

수남이는 은행 막는다는 말의 정확한 뜻을 잘 모른다. 그 번들번들하고 위엄 있는 은행이 뒤로 어디 큰 구멍이라도 뚫려 있단 소린지, 뚫려 있기로서니 왜 장사꾼이 막아야 하는지 잘 모르는 채로, 급하게 돈을 받아 내려는 장사꾼들이 으레 심각한 얼굴을 하고 그런 소리를 하길래 수남이도 그래 보는 것이다.

"짜아식, 알았어. 기다려 봐. 돈 들어오는 대로 줄게."

주인이 퉁명스럽게 대답하곤 수남이의 머리에 힘껏 알밤을 먹인다. 수남이는 잽싸게 고개를 움츠려뜨렸는데도 눈에 눈물이 핑 돌 만큼 독한 알밤이다.

장사 더럽게 안 된다는 주인 말과는 달리 손님이 쉴 새 없이 들락거린다. 정말로 가게는 조그맣지만 길목이 아주 좋다. 수남이는 좁은 가게에서 이리 밀리고 저리 밀리면서 잘 버틴다. 버틸 뿐 아니라 속으로 돈이 얼마나 들어오나 암산까지 하고 있다.

소매상이라 큰돈은 안 들어와도 그동안 들어온 돈이 어림잡아 만 원은 됨 직하다. 수남이는 비실비실 안 나오는 웃음을 웃으며,

"어떻게 결제 좀 해 줍쇼."

하고 또 한 번 빌붙는다. 주인은 "짜아식" 하며 또 한 번 알밤을 먹이곤 오백 원짜리, 백 원짜리 합해서 만 원을 세 번이나 세어 보더니 아까운 듯이 내준다.

"짜아식 끈덕지기가 꼭 되놈 같다니까, 됐어."

칭찬인지 욕인지 모를 소리를 하고 씩 웃는다. 수남이는 주인이 세 번씩이나 세어서 준 돈을 또 두 번이나 센다. 그러고 나서야 "고맙습니다. 안녕히 계십쇼." 하고는 저만큼 자전거를 세워 놓은 쪽으로 휑하니 달음질친다.

바람이 여전하다. 저만큼서 흙먼지가 땅을 한 꺼풀 벗겨 흩이

불처럼 둘둘 말아 오는 것같이 엄청난 기세로 몰려온다. 골목 안의 모든 것이 "뎅그렁", "와장창", "우르릉" 하고 제각기의 음색으로 소리 높이 비명을 지른다.

드디어 흙먼지 홑이불이 집어삼킬 듯이 수남이의 조그만 몸뚱이를 덮친다. 수남이는 눈을 꼭 감고 숨을 죽인다.

바람이 지난 후 수남이는 눈을 뜨고 침을 탁 뱉는다. 입속에 모래가 들어와 깔깔하고 목구멍이 알싸하니 아프다. 다시 자전거 쪽으로 걷는다. 조금 전만 해도 서 있던 자전거가 누워 있다. 그래도 날아가진 않았으니 다행이다.

자전거뿐 아니라 골목의 모든 것이 다 제자리에 그대로 있다. 수남이는 그것이 신기하다. 누워 있는 자전거를 일으켜 세우고 날렵하게 올라타 막 페달을 밟으려는데, 어디선지 고함 소리가 벽력같이 들린다.

"이놈아, 어딜 도망가는 거야. 게 섰거라, 꼼짝 말고."

수남이는 자기에게 지르는 고함은 아니겠지 싶어 그대로 페달을 밟는다.

"아니 이놈이, 어디로 도망을 가려고 이래."

뒷덜미를 사납게 붙들린다. 점잖고 깨끗한 신사다. 이런 신사가 자기에게 어떤 볼일이 있다는 것인지, 수남이는 도시 짐작을 할 수 없다. 게다가 신사는 몹시 화가 나 있다. 신사를 화나게 할 일을 자기가 저질렀다고는 더구나 생각할 수 없다.

"임마, 꼼짝 말고 있어."

신사의 말이 아니더라도 꼼짝할래야 할 수 있을 처지가 아니다. 꼼짝은커녕 숨도 제대로 쉴 수 없을 만큼 수남이의 뒷덜미는 신사의 손에 잔뜩 움켜쥐어져 있다.

"임마, 네놈의 자전거가 쓰러지면서 내 차를 들이받았단 말야. 이런 고급차를 말야. 이런 미련한 놈, 왜 눈은 째려, 째리긴. 그러니 내 차에 흠이 안 나고 배겼겠냐. 내 차는 임마, 여자들 손톱만 살짝 닿아도 생채기가 나는 고급차야 임마, 알간?"

그러고는 거울처럼 티 하나 없이 번들대는 차체를 면면히 훑어보더니 "그러면 그렇지." 하고 환성을 질렀다. 아마 생채기를 찾아낸 모양이다.

"일은 컸다. 임마, 칠만 살짝 긁혔어도 또 모르겠는데 여봐라, 여기가 이렇게 우그러지기까지 했으니 일은 컸다, 컸어."

신사가 덩칫값도 못 하게 팔짝팔짝 뛰면서 잘 봐 두라는 듯이 수남이의 얼굴을 차에다 바싹 밀어붙였다.

수남이는 차체에 비친 울상이 된 자기 얼굴을 볼 수 있을 뿐이었다. 꼭 오늘 재수 옴 붙은 일이 날 것 같더라만 이런 끔찍한 일이 일어나고 말았구나. 울음이 왈칵 솟구친다. 그러자 제 얼굴도, 차체의 흠도 아무것도 안 보이고 온 세상이 부옇게 흐려 보일 뿐이다.

"울긴, 임마. 너 한 달에 얼마나 버냐?"

신사의 목청이 다분히 누그러지며 목소리에 연민이 담긴 것을 수남이는 재빨리 알아차린다. 그러자 흑흑 소리까지 내어 운다.

"울긴 짜아식, 할 수 없다. 너나 나나 오늘 재수 옴 붙은 걸로 치고 반반씩 손해 보자. 오천 원만 내."

수남이는 너무 놀라 울음까지 끄르륵 삼키고 신사를 쳐다본다. 그사이 사람들이 큰 구경이나 난 것처럼 모여들어 신사와 수남이를 에워싼다.

누군가가 뒤에서 "빌어, 이놈아. 그저 잘못했다고 무조건 빌어." 하고 속삭인다. 수남이는 여러 사람들이 자기를 동정하고 있다고 느끼자 적이 용기가 난다.

"아저씨, 잘못했습니다. 한번만 용서해 주십시오. 네, 아저씨."

제법 또렷한 소리로 용서를 빈다.

"용서라니, 이만큼 했으면 됐지 어떻게 더 용서를 해."

"아저씨, 그러시지 말고 한번만 봐 주셔요. 네, 아저씨."

수남이는 주머니에 들은 만 원 생각을 하면 얼굴이 화끈대고 공연히 무섭기까지 하다. 그렇지만 주인 영감님을 위해 그 돈만은 죽기를 무릅쓰고 지킬 각오를 단단히 한다.

"아니 욘석이 이제 보니 이런 큰일 저지르고 그냥 내뺄 심사 아냐? 요런 악질 녀석 같으니라고."

신사의 표정은 은은히 감돌던 연민이 싹 가시고 점잖게 무표정해진다.

그러고는 옆에 섰던 운전사인 듯한 남자에게,

"안 되겠네. 요런 악질 깡패 녀석하고 시비해 봤댔자 공연히 시간만 낭비니, 자네 자물쇠 하나 마련해다 주게. 이 녀석 자전

걸 잡아 놓기로 하세. 언제든지 오천 원 가져와서 찾아가라고."

그러고는 주머니에서 오백 원짜리를 한 장 꺼내서 운전사에게 주는 것이었다. 수남이로서는 전혀 예기치 못했던 사태였다.

주머니의 만 원에 대해서만 생각했었지 자전거에 대해선 전혀 생각이 미치지 못했었다.

운전사는 금방 커다란 자물쇠를 하나 사 가지고 왔다. 신사는 다시 네놈은 쳐다보기도 싫다는 듯이 수남이를 전혀 상대 안 하고, 묵묵히 자전거 바퀴에다 자물쇠를 채우고, 앞에 빌딩을 가리키면서,

"나 저기 306호실에 있으니까 돈 오천 원 갖고 와. 그러면 열쇠 내줄 테니."

하고는 수남이를 힐끗 흘겨보고 유유히 빌딩 속으로 사라져 갔다.

수남이는 울지도 못하고 빌지도 못하고 그냥 막연히 서 있었다. 수남이와 신사의 시비를 흥미진진하게 구경하던 사람들도 헤어지지 않고 그냥 서 있었다. 아마 수남이가 앙앙 울거나, 펄펄 뛰면서 욕을 하거나 그런 일이 일어나 주기를 기다리는 눈치였다.

수남이는 바보가 돼 버린 아이처럼 조용히 멍청히 서 있었다. 누군가가 나직이 속삭였다.

"토껴라 토껴. 그까짓 것 갖고 토껴라."

그것은 악마의 속삭임처럼 은밀하고 감미로웠다. 수남이의 가슴은 크게 뛰었다. 이번에는 좀 더 점잖고 어른스러운 소리가 나

섰다.

"그래라, 그래. 그까짓 거 들고 도망가렴. 뒷일은 우리가 감당할게."

그러자 모든 구경꾼이 수남이의 편이 되어 와글와글 외쳐 댔다.

"도망가라, 어서어서 자전거를 번쩍 들고 도망가라, 도망가라."

수남이는 자기 편이 되어 준 이 많은 사람들을 도저히 배반할 수 없었다. 이상한 용기가 솟았다. 수남이는 자전거를 마치 검부러기처럼 가볍게 옆구리에 끼고 질풍같이 달렸다.

정말이지 조금도 안 무거웠다. 타고 달릴 때보다 더 신나게 달렸다. 달리면서 마치 오래 참았던 오줌을 시원스레 내깔기는 듯한 쾌감까지 느꼈다.

주인 영감님은 자전거를 옆에 끼고 질풍처럼 달려온 놈을 눈을 휘둥그렇게 뜨고 바라볼 뿐이었다. 오늘 바람이 세더니만 필시 이 조그만 놈이 바람에 날아왔나, 설마 그럴 리야 없을 텐데 내 눈이 어떻게 된 것인가 그런 눈치였다.

수남이는 너무 숨이 차서 이런 주인 영감님의 궁금증을 시원히 풀어 주지 못하고 한동안 헉헉대기만 한다.

"임마, 말을 해. 무슨 일이야? 네놈 꼴이 영락없이 도둑놈 꼴이다, 임마."

도둑놈 꼴이라는 소리가 수남이의 가슴에 가시처럼 걸린다. 수남이는 겨우 숨을 가라앉히고 자초지종을 주인 영감님께 고해바친다. 다 듣고 난 주인 영감님은 무엇이 그리 좋은지 무릎을 치면서 통쾌해 한다.

"잘했다, 잘했어. 맨날 촌놈인 줄만 알았더니 제법인데, 제법이야."

그러고는 가게에서 쓰는 드라이버니 펜치를 가지고 자전거에 채운 자물쇠를 분해하기 시작한다. 엎드려서 그 짓을 하고 있는 주인 영감님이 수남이의 눈에 흡사 도둑놈 두목 같아 보여 속으로 정이 떨어진다. 주인 영감님 얼굴이 누런 똥빛인 것조차 지금 깨달은 것 같아 속이 메스껍다.

마침내 자물쇠를 깨뜨렸나 보다. 영감님 얼굴에 회심의 미소가 떠오르더니 자유롭게 된 자전거 바퀴를 시험이라도 하려는 듯이 자전거로 골목을 한 바퀴 빙그르르 돌아 들어와서는,

"네놈 오늘 운 텄다."

그러고는 수남이의 머리를 쓰다듬고 볼과 턱을 두둑한 손으로 귀여운 듯이 감쌌다. 영감님이 기분이 좋을 때면 수남이에 대한 애정의 표시로 으레 그렇게 했었고, 수남이도 그걸 좋아했었다.

그런데 오늘은 싫다. 영감님의 손이 싫다. 그것이 운 트기는커녕 재수 옴 붙었다는 생각이 여전하고, 수남이는 그날 온종일 우울했다. 그러나 자기가 왜 그렇게 우울한지 그걸 차분히 생각할 새도 없는 바쁜 하루였다.

가게 문을 닫고 주인댁에서 날라 온 저녁밥을 먹고 나면 비로소 수남이 혼자만의 시간이다. 꿀 같은 시간이었다. 책을 펴 놓고 영어 단어를 찾고, 수학 문제를 풀어 보고, 턱을 괴고 소년답

게 감미로운 공상에 잠길 수 있는 그런 시간이었다.

그러나 오늘 수남이는 그게 되지를 않았다. 책을 집어던졌다.

낮에 내가 한 짓은 옳은 짓이었을까? 옳을 것도 없지만 나쁠 것은 또 뭔가. 자가용까지 있는 주제에 나 같은 아이에게 오천 원을 우려내려고 그렇게 간악하게 굴던 신사를 그 정도 골려 준 것이 뭐가 나쁜가? 그런데도 왜 무섭고 떨렸던가. 그때의 내 꼴이 어땠으면, 주인 영감님까지 "네놈 꼴이 꼭 도둑놈 꼴이다."라고 하였을까.

그럼 내가 한 짓은 도둑질이었단 말인가. 그럼 나는 도둑질을 하면서 그렇게 기쁨을 느꼈더란 말인가.

수남이는 몸을 부르르 떨면서 낮에 자전거를 갖고 달리면서 맛본 공포와 함께 그 까닭 모를 쾌감을 회상한다. 마치 참았던 오줌을 내깔길 때처럼 무거운 억압이 갑자기 풀리면서 전신이 날아갈 듯이 가벼워지는 그 상쾌한 해방감 — 한 번 맛보면 도저히 잊혀질 것 같지 않은 그 짙은 쾌감, 아아 도둑질하면서도 나는 죄책감보다는 쾌감을 더 짙게 느꼈던 것이다.

혹시 내 피 속에 도둑놈의 피가 흐르고 있기 때문이 아닐까. 순간 수남이는 방바닥에서 송곳이라도 치솟은 듯이 후닥닥 일어서서 안절부절못하고 좁은 방 안을 헤맸다.

수남이의 눈앞에는 수갑을 차고, 순경들에게 끌려와 도둑질 흉내를 그대로 내보이던 형의 얼굴이 환히 떠오른다. 그리고 서울 가서 무슨 짓을 하든지 도둑질만은 하지 말라고 신신당부하던 아버지의 얼굴도 떠오른다.

수남이의 형 수길이는, 온 집안 식구가 기대를 걸고 고등학교까지 마쳐 준 보람도 없이 집에서 빈들대다가, 어느 날 갑자기 서울 가서 돈 벌고 성공해서 돌아오겠다는 말 한마디를 남기고 훌쩍 집을 나갔다.

편지 한 장, 하다못해 인편에 안부 한마디 없는 2년이 지났다. 그동안 아버지는 푹 노쇠하고, 어머니는 뼈만 남게 야위어서 수남이랑 동생들이랑을 들볶았다.

들볶는 푸념 속에서 무정한 장남에 대한 원망과 함께 그래도 행여나 하는 기대가 곁들여 있는 것을 수남이는 느낄 수 있었다.

수남이도 뭔가 형에 대한 기대를 안 할 수가 없었다. 동생들이 발바닥이 다 닳아 없어져 웃더껑이만 남은 운동화를 신고 다니는 걸 봐도 "조금만 참아, 큰형이 돈 많이 벌어 가지고 오면 운동화랑 잠바랑 다 사 줄게." 하는 말을 할 지경이었다.

형이 돈을 많이 벌어 오면 — 이런 기대에 온 집안 식구가 하루하루를 매달려 살았다. 어느 날 밤, 형은 돌아왔다. 옷과 운동화와 과자와 고기를 한 짐이나 되게 사 가지고. 형이 정말 돈을 벌어서 별의별 것을 다 사 가지고 온 것이었다. 아버지는 밤중이지만 동네 사람을 모아 큰 잔치를 벌이려고 했다. 하지만 형이 험악한 얼굴을 하고 안 된다고 했다.

잔치는커녕 동생들이 좋아서 떠드는 것도 못하게 윽박질렀다.

수남이는 지금도 그날 밤 일이 생생하다. 그날 밤 형의 누런 똥빛 얼굴은 정말로 못 잊겠다. 꼭 악몽 같다.

다음 날 형은 읍내에서 온 순경한테 수갑이 채워져 붙들려 갔다. 형은 악을 써서 변명을 하며 갔다.

"2년 만에 빈손으로 집에 들어갈 수는 없었단 말야. 도저히 그럴 수는 없었단 말야."

그래서 읍내 양품점을 털어 돈과 물건을 훔친 것이다. 다음에 수남이가 형을 본 것은 읍내에 현장 검증인가를 나왔을 때다. 도둑질한 것을 다시 한 번 되풀이해 보여 주는 것인데, 딴 구경꾼들 틈에 섞여 수남이는 몸서리를 치면서 그것을 봤다. 그 도둑놈과 형제간이란 게 두고두고 생각해도 몸서리가 쳐졌다.

아버지는 화병으로 몸져눕고 집안 형편은 말이 아니었다. 수남이는 드디어 어느 날 형이 그랬던 것처럼 서울 가서 돈 벌어 오겠다고 집을 나섰다. 아버지는 말리지 않았다. 문지방을 짚고 일어나 앉아서 띄엄띄엄 수남이를 타일렀다.

"무슨 짓을 하든지 그저 도둑질은 하지 말아라, 알았쟈."

그런데 도둑질을 하고 만 것이다. 하지만 수남이는 스스로 그것은 결코 도둑질이 아니었다고 변명을 한다.

그런데 왜 그때, 그렇게 떨리고 무서우면서도 짜릿하니 기분이 좋았던 것인가? 문제는 그때의 그 쾌감이었다. 자기 내부에 도사린 부도덕성이었다. 오늘 한 짓이 도둑질이 아닐지 모르지만 앞으로 도둑질을 할지도 모르겠다는 생각이 들었다. 형의 일이 자기와 정녕 무관한 일이 아니란 생각이 들었다.

소년은 아버지가 그리웠다. 도덕적으로 자기를 견제해 줄 어른이 그리웠다. 주인 영감님은 자기가 한 짓을 나무라기는커녕 손해 안 난 것만 좋아서 "오늘 운 텄다."라고 좋아하지 않았던가.

수남이는 짐을 꾸렸다. 아아, 내일도 바람이 불었으면. 바람이 물결치는 보리밭을 보았으면.

마침내 결심을 굳힌 수남이의 얼굴은 누런 똥빛이 말끔히 가시고, 소년다운 청순함으로 빛났다.

《잿이들만 사는 동네》(샘터사, 1986)

박완서

경기도 개풍에서 태어났습니다. 평범한 주부로 살다가 40세에 소설가로 등단하였습니다. 그의 소설에는 일상에 대한 섬세하고 현실적인 감각과 6·25에 의해 초래된 비극적 사건의 기억이 많이 나타납니다. 작품으로는《엄마의 말뚝》,《미망》,《그해 겨울은 따뜻했네》,《그 많던 싱아는 누가 다 먹었을까》등이 있습니다.

:: 내용 되새기기

1 서울 와서 수남이가 하게 된 일은 무엇인가요?

2 수남이는 왜 자전거를 빼앗기게 되었나요?

3 수남이는 자전거를 들고 도망가면서 어떤 감정을 느꼈나요?

4 수남이가 서울로 떠날 때 아버지가 한 부탁은 무엇인가요?

:: 생각 넓히기

1 수남이에게 자전거는 매우 중요한 물건입니다. 여러분이 수남이처럼 자전거를 빼앗겼다면 이 문제를 어떻게 해결하겠습니까?

2 수남이는 의지하고 따르던 주인 영감 곁을 떠나기로 결심합니다. 그 이유가 무엇일지 잘 생각하여 써 보세요.

로보,
카람포의 이리 왕

시튼

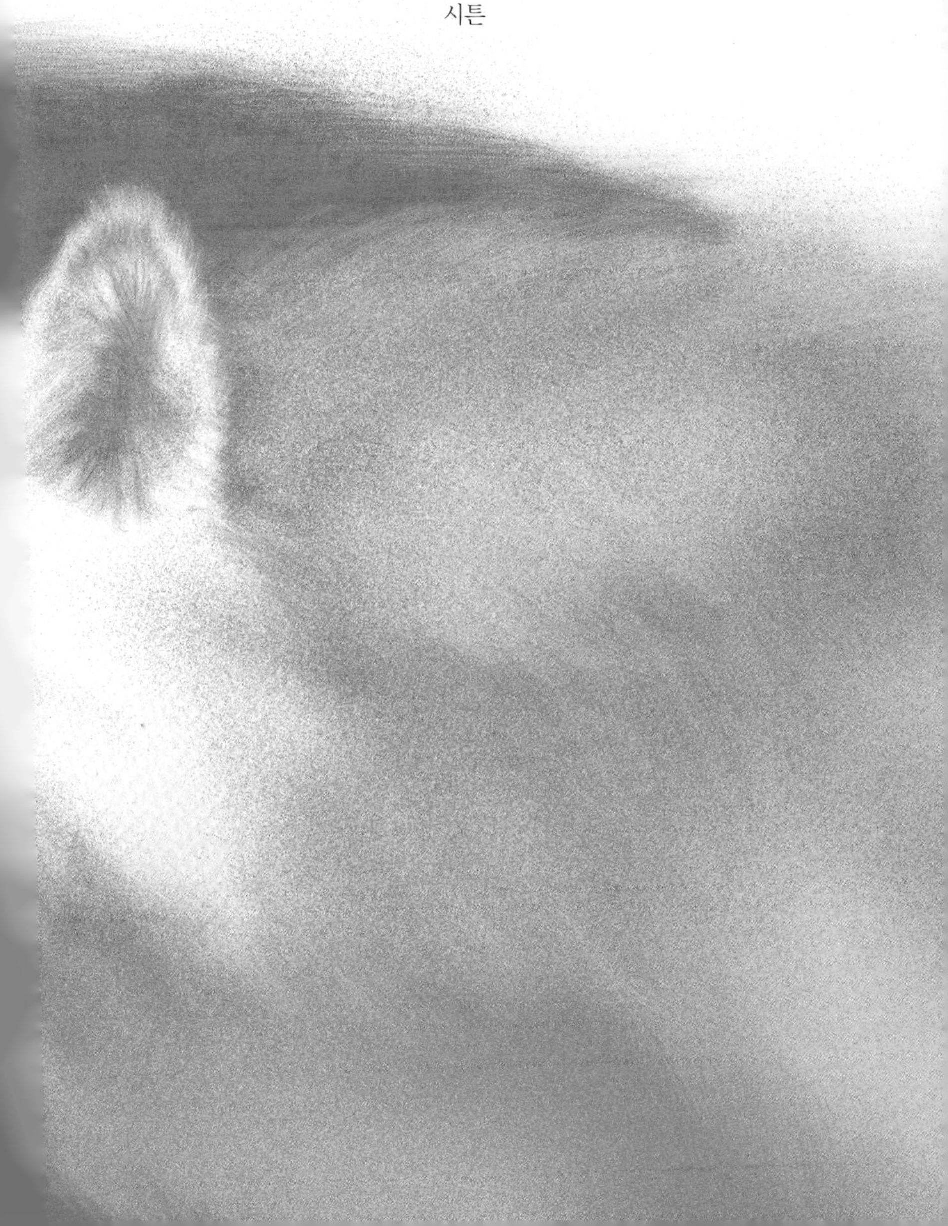

로보는 다리가 꽁꽁 묶여 있었지만 그 사이 신음 소리를 내거나 으르렁대지도 않고 목을 움직이지도 않았다. 우리 두 사람은 로보를 간신히 말안장에 실었다. 로보의 숨소리는 잠자고 있는 듯 조용했다. 눈동자는 아직도 맑았으나 그 눈은 우리들을 향해 있지 않았다.

로보의 눈은 저 멀리 드넓게 펼쳐져 있는 고원 쪽을 응시하고 있었다.

카람포 고원은 미국의 서남부 뉴멕시코 주의 북쪽에 있는 광활한 가축 방목 지대이다. 드넓은 초원에는 소와 양 떼들이 무리 지어 있고, 높다란 언덕이 큰 물결 모양으로 펼쳐져 있으며, 그 사이를 흐르는 아름다운 강물은 마침내 카람포 강으로 모여든다. 이 강 이름을 본떠 사람들은 이 지방 일대를 카람포라고 부른다.

그런데 이 근방 일대에서 오랫동안 힘을 과시하고 있는 왕이 있었다. 그것은 한 마리 늙은 회색 이리로, 이 고장 멕시코 토박이들은 이 이리를 '로보 대장' 혹은 '대왕'이라고 부르고 있었다. 로보(Lobo)란 스페인 말로 이리라는 뜻이다.

로보는 위대한 지도자가 되어 한 무리의 사나운 회색 이리들을 거느리게 되는데, 이들은 몇 해 동안이나 카람포의 계곡을 휩쓸고 다니며 악명을 떨치고 있었다.

이 고장의 목동이나 목장주치고 로보를 모르는 사람이 없었다. 로보가 그의 부하들을 거느리고 나타나면 소들까지도 겁에 질렸고, 목장 주인은 아무런 대항도 하지 못한 채 이를 갈며 울분을 토할 따름이었다.

로보 대왕은 이리 중에서도 체격이 가장 컸을 뿐 아니라 다른 이리와는 비교도 안 될 만큼 교활했다. 그가 한밤중에 울부짖는 소리는 모르는 사람이 없었으며 부하들의 소리와도 금방 구별되었다. 보통 이리라면 목장지기의 오두막집 근처를 밤새도록 서성댄다 하더라도 아무도 겁낼 사람이 없을 것이다. 하지만 로보 대왕의 우렁찬 울음소리가 좁다란 골짜기에 한번 울려퍼지면 목장지기들은 깜짝 놀라 몸을 일으키며 내일 아침이면 참혹한 주검으로 변해 있을 소와 양 떼들의 모습을 떠올리며 끔찍해 하는 것이었다.

로보가 거느리고 있는 부하들의 수는 그리 많지 않았는데, 나는 끝내 그 까닭을 알지 못했다. 그것은 참으로 이상한 일이었다. 로보 정도의 힘과 세력을 갖고 있다면 많은 부하를 거느리는 것이 마땅한 일이었기 때문이다.

로보의 입장에서 본다면 그 정도의 부하만으로도 충분했을지 모른다. 또는 그 반대로 그의 성질이 너무 거칠고 사나워서 다른 이리들이 그를 따르려 하지 않았을지도 모른다. 아무튼 끝장이 날 무렵의 로보에게는 다섯 마리의 부하밖에 없었다는 것은 분명한 사실이다.

그 다섯 마리의 부하 이리는 어느 놈 할 것 없이 보통 이리보다는 몸집이 훨씬 컸다. 특히 로보 다음으로 세력을 과시하고 있는 녀석은 엄청난 거물급이었다. 하지만 그놈조차도 로보의 체격이나 용맹성과는 비교가 되지 않았다.

이 밖에도 특히 눈에 띄는 부하들이 있었다. 그중 한 마리는 아름다운 흰색 이리로, 멕시코 사람들은 그것을 '브랭카('희다'라는 뜻)'라고 불렀다. 브랭카는 암컷으로, 사람들은 이 이리를 로보의 아내라고 했다. 또 다른 한 마리는 굉장히 발빠른 황색 이리이다. 소문에 의하면, 이 녀석은 빠르기로 소문난 영양을 여러 번이나 잡아서 동료 이리들에게 제공했다고 한다.

이 이리들이 소나 양에게 주는 피해는 엄청난 것이어서 카람포의 목장 주인들은 어떻게 해서든 로보의 부하들을 처치하려고 벼르고 있었다. 목장 주인들은 로보가 거느리는 어떤 이리라도 상관없으니 단 한 마리라도 잡을 수 있다면 소 몇 마리 값이라도 기꺼이 내놓겠다고 나섰다.

사람들 말에 의하면, 로보의 패거리들은 5년 동안 카람포의 목장에서 평균 하루에 한 마리씩 암소를 물어 갔다고 한다. 이렇게 따져 보면 그동안 2천 마리 이상의 가축을 그들에게 도둑맞은 셈이다. 게다가 놈들은 제일 살찐 소만 골라서 잡아가곤 했다.

이리란 동물은 언제나 굶주려 있어 무엇이든 닥치는 대로 잡아먹는다고 생각해 오고 있지만, 이런 생각은 로보 일당에게는 전혀 해당되지 않았다. 이 약탈자의 털빛은 윤기가 넘쳐흘렀고, 그들의 먹이는 더없이 호화스러웠으며, 아무리 맛있는 먹이라도 죽은 것이나 병든 것은 거들떠보지도 않았다. 그들이 좋아하는 먹이는 금방 사냥한 어린 암송아지로, 그것도 아주 연하고 부드러운 살코기였다. 그들은 늙은 소는 아예 쳐다보지도 않았으며, 송아지나 망아지도 썩 좋아하지는 않았다.

또한 양고기를 싫어한다는 것도 널리 알려져 있는데, 그들은 이따금 심심풀이로 새끼 양을 사냥하는 때도 있었다. 1893년의 어느 날 밤, 브랭카와 황색 이리는 무려 250마리의 양을 죽인 적도 있다. 하지만 이것은 단지 장난삼아 해치운 것으로, 고기는 한 조각도 뜯어 먹지 않았다.

그리하여 로보의 목에는 막대한 현상금이 걸렸고, 로보를 잡기 위해 사람들은 이런저런 궁리 끝에 덫을 장치하거나 극약을 놓아 두었지만 놈은 귀신같이 눈치채고 좀처럼 걸려들지 않았다.

로보가 두려워하는 것이 한 가지 있는데, 그것은 총이었다. 이 고장 사람들 모두가 총을 가지고 있었지만 로보는 그 사실을 잘 알고 있는 것 같았다. 그래서인지 놈이 사람을 습격하거나 직접 맞부닥친 적은 한 번도 없었다. 아무리 멀리 떨어져 있어도 그들은 사람을 보기만 하면 쏜살같이 달아나 버린다. 이것은 로보 일당의 방침인 듯싶었다.

로보는 부하들에게 자기가 손수 사냥해 온 것만 먹도록 했다. 그 덕분에 부하들은 몇 번씩이나 목숨을 구할 수 있었다. 로보는 또 사람의 손이 닿은 것이나 독극물은 절대 건드리지 않았다. 때문에 사람들은 놈을 어떻게 해 볼 도리가 없었다.

언젠가 이런 일이 있었다. 카우보이 한 사람이 늘상 들어 왔던 로보의 울음소리를 따라 살금살금 가까이 다가가 보니 땅이 움푹 파인 곳에서 로보 일당이 많지 않은 소 떼를 습격하고 있던 참이었다. 로보는 거기서 조금 떨어진 언덕에 앉아 있었고, 브랭카와 그 밖의 이리들은 목표로 삼은 어린 암소를 무리에서 낚아채려고 애쓰고 있었다.

하지만 소들은 머리를 바깥쪽으로 두르고 둥근 진형(陣形)을 그리며 뿔을 세워 대적했다. 그 진형은 여간해서 무너지지 않았다. 그러나 이리 떼가 덮쳐 올 때마다 소들 가운데 어느 놈인가는 겁에 질려 무리의 한가운데로 물러나곤 했다. 이리 떼들은 그 약점을 노려 목표로 삼은 암소에게 상처를 입혔으나 암소는 도무지 지칠 줄을 몰랐다.

로보는 부하들이 하는 짓이 못마땅했는지 언덕에서 내려오자마자 으르렁대면서 소 떼를 향해 달려들었다. 뜻하지 않은 습격을 받은 소 떼들은 겁에 질려 허둥댔고, 로보는 그 한가운데로 뛰어들었다. 소들은 폭탄의 파편처럼 사방으로 흩어졌다. 목표물이었던 암소는 앞으로 냅다 뛰었으나 25미터도 못 가서 로보에게 잡히게 되었다. 로보는 암소의 목덜미를 물더니 무서운 힘으로 내동댕이쳤다. 어린 암소는 땅바닥으로 벌렁 나자빠졌다. 그 순간 로보도 함께 굴러 넘어졌으나 금방 다시 일어섰다.

부하 이리들이 이 가엾은 암소에게 달려들어 마구 물어뜯기 시작했고 소는 순식간에 숨이 끊어졌다. 로보는 조무래기들의 싸움에는 끼어들지 않았다. 목표로 삼았던 먹잇감을 넘어뜨려 준 것으로 자신의 임무를 다 했다고 생각하는 모양이었다.

로보는 부하들에게 이렇게 말하고 있는 듯했다.

"야, 이 녀석들아! 그까짓 것도 거뜬히 해치우지 못하고 언제까지 어물대고 있을 거야."

지금까지 이 광경을 지켜보고 있던 카우보이가 소리를 지르며 말을 타고 달려오자 로보와 그의 부하들은 여느 때처럼 재빨리 사라져 버렸다. 그때 마침 카우보이는 스트리키니네라는 극약을 가지고 있었으므로 그것을 죽은 소의 몸뚱이 두세 군데에 서둘러 발라 두었다. 그리고 집으로 돌아오면서 신바람이 난 듯이 이렇게 중얼거렸다.

"제놈들이 죽였으니 다시 돌아와서 고기를 먹을 게 틀림없어."

이튿날 아침, 카우보이는 이리들이 죽어 있는 모습을 떠올리며 설레는 가슴으로 어제 그 장소로 달려갔다. 하지만 그의 예상은 빗나갔다. 이리 떼들은 죽은 소를 뜯어 먹기는 했으나 극약을 발라 두었던 부분만은 깨끗이 도려내어 제쳐 놓았던 것이다.

목장 주인들 사이에서는 로보에 대한 두려움이 해마다 더해 갔다. 그의 목에 걸린 현상금도 해를 거듭할수록 불어나, 마침내는 1천 달러에 달했다. 이리를 잡기 위한 현상금치고는 지금까지 유례가 없던 거액이었다.

어느 날 이 현상금에 매력을 느낀 텍사스 주의 산지기인 태너리라는 사나이가 카람포의 계곡으로 말을 타고 올라갔다. 그는 이리를 잡을 완벽한 장비를 갖추고 있었다. 성능 좋은 엽총과 말, 그리고 사냥 전문인 울프 하운드라고 하는 커다란 사냥개 한 쌍도 있었다. 태너리는 이 개들을 데리고 텍사스의 오지에서 여러 차례 이리 사냥을 한 바 있어 이번에도 자신감에 차 있었다.

여름 아침이 희부옇게 밝아 올 무렵, 태너리 일행은 기운차게 출발했다. 이윽고 사냥개들이 큰 소리로 짖어 대기 시작했다. 벌써부터 이리 떼의 발자국을 발견하고 그것을 주인에게 알려 주고 있는 것이다.

3킬로도 채 가기 전에 한 무리의 회색 이리들이 모습을 드러냈다. 태너리 일행은 발걸음을 재촉하며 이리 떼들을 맹렬히 추격했다. 사냥개들이 이리 떼를 뒤쫓는 동안, 사냥꾼들은 말을 타고 달리면서 그들을 향해 총을 쏘았다. 이 방법은 텍사스의 평원과 같이 탁 트인 장소에서는 성공할 확률이 높다. 그러나 카람포 골짜기에서는 사정이 전혀 달랐다.

로보는 유리한 지형을 자기네 영역으로 선택한 것이다. 카람포의 바위투성이의 골짜기나 많은 실개천들이 고원의 여기저기에 얽혀 있었다.

태너리 일행에게 발견된 교활한 로보는 재빠르게 제일 가까운 골짜기로 숨어들어 말을 탄 사냥꾼들을 어리둥절하게 만들었다. 이윽고 로보 일당이 사방으로 흩어져 달아나는 바람에 그들을 뒤쫓던 사냥개들도 갈피를 잡을 수가 없었다.

이리 떼들은 조금 떨어진 후미진 곳에 다시 모였으나 그때는 사냥개들이 추적을 중단한 상태였다. 이윽고 로보 일당은 사냥개들의 숫자가 자기네들보다 많지 않다는 것을 알아차리자 갑자기 돌아서서 오히려 개들을 역습했다. 그들은 닥치는 대로 물어 죽이거나 심한 상처를 입혔다.

그날 밤 태너리는 풀어놓은 사냥개들을 불러 모았으나 돌아온 개는 여섯 마리뿐으로, 그 가운데 두 마리는 참혹하게 물어뜯겨 있었다.

태너리는 그 후에도 두 차례의 이리 사냥을 시도하여 로보 대왕의 목을 손에 넣으려 했으나 두 번 다 성공하지 못했다. 더욱이 마지막 사냥에서는 낭떠러지에서 굴러떨어져 제일 좋은 말을 죽이기까지 했다. 태너리는 낙심한 끝에 로보 사냥을 단념하고 텍사스로 되돌아가고 말았다. 이리하여 로보는 더욱 기세등등해져 제멋대로 설치며 돌아다녔다.

로보에 대한 지금까지의 이야기는 내가 카우보이들에게서 들은 것이다. 처음에 나는 이 이야기가 적잖이 과장되어 있다고 생각했다.

그러나 1893년 가을이 되어 만만치 않은 소 약탈자들을 내 눈으로 직접 보고 나서 그 소문이 사실이라는 것을 확신하게 되었고 마침내 그 어느 누구보다도 로보에 관해 소상히 알게 되었다.

몇 해 전에 나는 이리 사냥을 해 본 경험이 있었다. 그 사실을 알고 있는 내 친구들 가운데 카람포에서 목장 일을 하고 있는 친구 한 명이 다음과 같은 부탁을 해 왔다.

"자네가 카람포로 와서 가축을 약탈해 가는 놈들을 처치해 줄 순 없겠나?"

이렇게 해서 나는 친구의 부탁을 들어주기로 했다. 일단 마음을 정하고 나니 그 이리 왕이란 놈과 하루라도 빨리 대결해 보고 싶은 생각에 서둘러 카람포 고원을 향해 출발했다.

목적지에 도착해서 나는 말을 타고 그 일대의 상황을 두루 살펴보았다. 이따금 아직 성한 가축이 그대로 남아 있는 암소의 주검을 여기저기서 발견할 수 있었다. 안내하는 사나이가 그것을 가리키며 이렇게 말했다.

"저걸 좀 보세요. 저것도 로보란 놈이 한 짓입죠."

이 고장 일대를 둘러본 결과, 이렇듯 기복이 심한 고원지대에서는 사냥개나 말로 이리를 몰아서는 안 된다는 것을 깨달았다. 효과를 거둘 수 있는 방법은 극약을 놓거나 덫을 설치하는 것뿐이었다. 하지만 로보를 잡을 만한 큼직한 덫이 없었기 때문에 우선 극약을 놓기로 했다. 나는 이 '악마 이리' 로보를 잡기 위해 수십 차례가 넘게 그 작업을 반복했다.

방법을 소상하게 늘어놓을 필요는 없겠지만 스트리키니네, 비소, 청산가리 따위의 여러 가지 독극물을 사용했다. 미끼로 쓰이는 고기도 이것저것 바꾸어 보았다. 그리고 나는 매일 아침 말을 타고 다니며 미끼를 놓아 둔 장소를 둘러보았으나 모처럼의 궁리도 아무 효과가 없다는 것을 깨달았다. 이리 왕은 사람보다도 더 빈틈이 없었던 것이다. 로보가 얼마나 영리한지를 말하기 위해 한 가지 예를 들어 보겠다.

나는 한 늙은 사냥꾼이 가르쳐 준 대로 독극물을 설치해 보았다. 먼저 방금 도살한 어린 암소의 신장에서 걷어 낸 기름덩이를 치즈와 함께 사기로 만든 냄비에 넣어 오랫동안 푹 삶은 다음 상아로 만든 칼로 잘랐다. 그것은 쇠붙이 냄새가 배지 않도록 하기 위해서였다. 기름덩이와 치즈를 합친 것이 굳어지자 그것을 몇 토막으로 나눈 다음 제각기 한쪽에 구멍을 내어 독극물을 집어넣었다. 그 약은 냄새가 나지 않도록 캡슐에 넣었는데, 캡슐은 이리의 뱃속에 들어가면 녹아 버린다.

마지막으로 그 구멍을 치즈로 막아 놓았다. 이 일을 하는 동안 나는 줄곧 암소의 생피에 적신 장갑을 끼고 작업을 했다. 또 미끼에 사람의 입김이 닿지 않도록 조심했다.

모든 준비가 끝나자 이 먹이를 암소의 생피에 적신 가죽 주머니에 넣어 말안장에 달아맨 다음 출발했다. 그리고 이리가 냄새를 맡을 수 있도록 소의 간장과 신장을 새끼줄에 묶어 끌고 갔다. 이리하여 15킬로 정도의 길을 빙빙 돌면서 400미터 간격으로 미끼를 하나씩 떨어뜨렸다. 이때도 역시 미끼에 손이 닿지 않도록 세심한 주의를 기울였다.

보통 로보는 주초에 이 근방에 나타났다가 한 주가 끝나 갈 무렵에 시에라그란데 산으로 돌아가는 모양이었다. 그런데 이날은 마침 월요일이었다. 해 질 무렵이 되어 우리들이 목장으로 돌아가려고 하는데 로보 대왕의 저력 있는 우렁찬 울부짖음이 들려왔다. 그 소리를 들은 카우보이 한 사람이 이렇게 말했다.

"드디어 나타났군! 이거 일이 잘될 것 같은데요."

이튿날 아침, 나는 이리 떼들의 발자국을 새로이 발견했다. 로보가 맨 앞에서 걸어갔다. 놈의 발자국은 쉽게 구별할 수 있었다. 보통 이리의 발자국은 발톱 끝에서 뒤꿈치까지가 11센티, 큰 이리는 12센티 정도지만 로보의 발은 14센티나 되었다. 이것은 몇 번씩이나 확인해 본 결과이다.

나중에 알게 된 사실이지만, 로보의 몸집은 발 크기에 걸맞게 어깨까지의 높이가 90센티, 몸무게는 68킬로그램이나 되었다. 그러므로 로보의 발자국은 뒤따라오는 다른 이리들이 짓밟아도 쉽게 그 뒤를 추적할 수 있었다.

발자국으로 보아 이리 떼들은 내가 소의 간장이나 신장을 끌고 돌아다닌 자취를 발견하고 그 뒤를 따라 첫 번째 독극물을 떨어뜨린 지점까지 온 모양이었다. 자세히 살펴보니 로보가 그 가까이에 와서 미끼를 물어 올린 흔적이 있었다.

나는 너무 기뻐서 이렇게 큰 소리로 말했다.

"드디어 성공했소이다. 로보란 녀석, 5킬로도 채 못 가서 고꾸라졌을 거요."

나는 모래흙 위에 남아 있는 로보의 큼직한 발자국을 따라 말을 달렸다. 발자국을 따라가 보니 두 번째 지점에 떨어뜨린 먹잇감도 보이지 않았다. 나는 너무 기뻐서 어쩔 줄을 몰랐다.

"이제 로보를 해치운 것이 확실해요. 아마 다른 부하놈들도 몇 마리는 죽어 있을 거요."

그런데 로보의 발자국은 더 앞쪽으로 나아가고 있었다. 나는 그 발자국을 뒤따라 밟으며 언덕으로 올라가 평원을 둘러보았다. 그러나 이리의 주검 따위는 아무 데에도 보이지 않았다. 나는 계속해서 로보의 발자국을 더듬어 쫓아갔다. 세 번째 먹잇감 역시 흔적도 없이 먹어치웠다. 그리고 이리 떼의 발자국은 일정한 간격으로 네 번째 먹잇감이 있는 지점까지 이어져 있었다.

이곳까지 따라온 뒤에야 비로소 나는 로보가 쓰러지지 않은 이유를 알았다. 녀석은 미끼를 한 입도 먹지 않은 채 단지 입에 물고 지나간 것뿐이다. 그러고는 운반해 온 미끼를 네 번째 것 위에 올려놓고 똥으로 범벅을 만들어 놓았다. 마치 인간의 얄팍한 속임수를 비웃기라도 하듯이…….

그 후 로보는 내가 애써 만든 미끼를 거들떠보지도 않고 자신을 방어해 준 부하들을 거느리고 평소와 다름없이 못된 짓을 계속 하고 다녔다. 나는 로보에게 몇 번씩이나 우롱을 당하면서 골똘히 생각해 보았다. 이 약탈자들을 처치하려면 독극물로는 도저히 당해 낼 수가 없다. 확실한 작전이 설 때까지 좀 더 기다리지 않으면 안 되었다.

그 사이에도 로보는 더욱 못된 짓으로 악명을 떨치고 다녔다. 이것만 보아도 로보가 얼마나 악마적인 교활함을 갖추고 있는지를 짐작할 수 있을 것이다.

로보의 일당 중에는 이따금 양 떼를 습격하여 상처를 입히거나 물어 죽이기도 했는데, 이것은 단지 장난삼아 한번 해 본 데 지나지 않는다. 그도 그럴 것이 놈들은 양고기는 좀체로 먹지 않기 때문이다.

양은 보통 천 마리에서 3천 마리 정도를 한 무리로 하여 그것을 한두 사람의 양치기가 감시하고 있다. 그리고 밤이 되면 벌판에서 가장 안전한 장소를 물색하여 양 떼들을 한군데로 모아 양치기가 그 곁에서 지키며 잔다.

양이란 짐승은 원래 미련하기 짝이 없는 짐승이어서 하찮은 일에도 깜짝 놀라 다짜고짜 도망치기를 잘 한다. 또한 형편없이 약한 짐승이어서 사람이나 동물이나 가릴 것 없이 그들을 끌어 당기면 무슨 일이 있어도 따라가는 성질이 있다.

양치기들은 그 성질을 잘 이용하여 무리 가운데 너더댓 마리의 염소를 넣어 둔다. 염소는 양의 사촌뻘쯤 되는 짐승으로, 양들은 이 수염 난 사촌이 자기네보다 더 영리하다는 것을 알고 있다. 그래서 한밤중에 예기치 못한 습격이라도 받게 되면 양들은 염소 둘레에 모여 흩어지지 않음으로써 위기를 모면한다. 하지만 늘 그런 것은 아니었다.

동짓달도 다 끝나 갈 무렵의 어느 날 밤, 두 명의 양치기가 떠들썩한 소리에 잠에서 깨어났다. 이리들이 습격해 온 것이다. 양떼들은 늘 하던 대로 염소의 둘레에 모여들었다. 염소들은 바보도 겁쟁이도 아니었으므로 자리를 지키면서 용감하게 맞섰다. 그러나 이 염소들은 운이 나빴다. 습격해 온 적은 보통 이리가 아닌 이리 왕 로보였던 것이다.

로보는 양 떼들이 전적으로 염소들에게 의지한다는 것을 잘 알고 있었다. 그래서 빽빽이 무리 지어 있는 양 떼들을 뛰어넘어 몇 마리 안 되는 염소들을 먼저 물어 죽였다. 그러자 양들은 순식간에 흩어져 달아나기 시작했으며, 이윽고 이리에게 죽임을 당하거나 행방불명이 되고 말았다.

드디어 이리를 잡기 위한 덫이 도착했다. 나는 두 사람의 도움을 얻어 일주일 동안의 작업으로 이 덫을 장치했다. 어떤 어려움을 감수하더라도 나는 이리 떼들을 처치하는 데 쓰일 수 있는 대책을 강구했다.

덫을 놓은 지 이틀째 되는 날, 나는 말을 타고 형편을 둘러보았다. 로보의 발자국이 덫에서 덫으로 이어지고 있는 것을 발견했다. 모래 바닥에 남아 있는 흔적을 통해 로보가 무슨 짓을 했는지 짐작할 수 있었다.

아주 조심스럽게 숨겨 두었는데도 불구하고 로보는 첫 번째 덫을 그 예민한 코로 발견해 낸 모양이었다. 로보는 부하들이 더 이상 앞으로 나아가지 못하도록 제지한 다음 덫 둘레의 흙을 조심스럽게 후벼 파내어 덫이나 그것을 묶어 둔 쇠사슬과 말뚝을 완전히 들어내 놓음으로써 덫에 장치했던 용수철이 작동하지 못하도록 망가뜨려 놓았다. 이와 같이 로보는 잇따라 열 개 이상의 덫을 무용지물로 만들어 버렸다.

이러한 경험을 통해 나는 한 가지 사실을 깨달았다. 로보는 그가 돌아다니는 동안 수상쩍은 기미가 느껴지면 이내 멈춰 서서 그 자리를 피해 버린다는 점이다. 이 같은 로보의 버릇을 파악하고 난 뒤 나는 새로운 계획을 구상했다. 이 방법이라면 적의 약점을 이용할 수 있을 것이다.

나는 몇 개의 덫을 H자 형으로 장치했다. 즉 통로의 양옆에 몇 개의 덫을 죽 늘어놓고 다른 한 개의 덫을 H자의 가름줄에 해당하는 부분에 설치한 것이다. 그러나 이 장치도 결국은 실패하고 말았다. 나중에 발자취를 조사해 보았더니 다음과 같은 사실이 드러났다.

로보는 덫이 설치된 사실을 알아차리지 못하고 평상시처럼 세로로 놓인, 덫과 덫의 샛길을 걸어왔다. 짐작대로 로보는 평행선의 가운데로 들어섰다. 순간 그가 갑자기 멈춰 섰다. 어떻게 그것이 위험하다고 느꼈는지 나로서는 도무지 알 수 없었다. 영락없이 귀신 같은 놈이었다.

어쨌든 로보는 오른쪽이나 왼쪽으로 조금도 기울지 않고 언제나 통로를 정확하게 지키고 있었는데 덫이 있는 위험한 장소에 이르면 정확하게 물러나 그곳을 피해 갔다. 더욱이 놈은 통로 밖으로 빠져나가 뒷발질로 흙이나 돌멩이 따위를 던져 덫을 모두 퉁겨 놓았다. 그 후에도 나는 여러 가지로 방법을 달리하여 새 덫을 설치해 보았으나 로보는 결코 속아 넘어가지 않았다. 놈의 영리함은 도무지 당해 낼 재간이 없었다.

로보는 그 혼자였더라면 언제까지고 약탈자로 살아남을 수 있었을 것이다. 그런데 불행히 로보에게는 부하들이 있었고 그 부하들 때문에 그는 결국 죽게 된다. 예로부터 많은 영웅들의 일생을 살펴보면, 혼자 있으면 아무 문제가 없었음에도 불구하고 철석같이 믿었던 부하나 친구들의 경거망동으로 인해 비참한 최후를 맞는 경우가 많았다. 로보 역시 그와 같은 봉변을 당한 것이다.

로보의 부하들은 늘 대장의 행동에 따르지는 않았던 것 같다.

나는 여러 번 그런 느낌을 받았다.

무리 가운데 규칙을 어긴 자가 있었다. 가령 발자국으로 보면 이따금 부하 이리가 로보보다 먼저 앞질러 간 흔적을 발견할 수 있었다. 나는 그 이유를 알 수 없었으나 한 카우보이의 이야기를 듣고 나니 제법 그럴듯하게 여겨졌다.

그 카우보이가 이렇게 말했다.

"전 오늘 로보의 패거리 한 놈을 봤어요. 무리를 벗어나 제멋대로 돌아다니던 놈은 브랭카란 녀석이었어요."

나는 고개를 끄덕였다.

"그러니까 브랭카는 암컷이었소. 만일 수컷이 그랬다면 로보는 당장 물어 죽였을 거요."

이 같은 사실에 비추어 나는 또 한 가지 방법을 생각해 냈다. 암송아지를 죽여서 그 주검 둘레에 금방 알아볼 수 있게끔 덫을 설치해 놓는 것이다. 그리고 그 목을 잘라 내어 얼마쯤 떨어진 곳에 놓아 두었다.(이것은 하찮은 먹잇감에 불과한 것으로 보통 이리들은 거들떠보지도 않는다.) 아무튼 그 둘레에 튼튼한 강철 덫 여섯 개를 사람 냄새가 배지 않도록 조심하면서 정성들여 설치했다. 이 일을 하고 있는 동안 나는 양손과 도구에도 갓 죽인 암송아지의 생피를 발랐고, 작업을 끝낸 후에는 마치 피가 소 머리에서 흘러나온 것처럼 땅바닥에 뿌렸다.

덫을 모래흙 속에 묻고 나서 그 위를 코요테(북미에 사는 초원 이리)의 꼬리로 쓸고, 발자국을 남겨 놓았다. 소 머리는 초원 위에 놓고 한쪽 옆에 좁다란 통로를 만들어 두었다. 그리고 그 통로에 제일 튼튼한 덫을 두 개 묻고 그것을 목에다 꽁꽁 묶었다.

이리란 동물은 주검의 냄새를 맡으면 그것을 먹을 생각이 없더라도 가까이 가서 살펴보는 습성을 가지고 있다. 그러므로 어쩌면 로보의 일당 중에서도 이 속임수에 걸려들 수도 있다. 그러나 로보는 소의 주검을 이용한 덫이란 것을 알아차리고 부하들의 접근을 제지할는지도 모른다. 그러나 소의 머리 쪽에는 크게 관심을 두지 않을 것이다. 왜냐하면 그것은 마치 쓰레기처럼 버려 두었기 때문이다.

이튿날 아침, 나는 기대에 부풀어 덫을 확인하러 갔다. 도착해 보니 역시 예상했던 대로였다. 로보 일당의 발자국이 여기저기 흩어져 있었고 소의 머리와 덫은 텅 비어 있었다. 서둘러 발자국을 조사해 본 결과 다음과 같은 사실을 알게 되었다.

로보는 부하들이 소의 주검에 접근하는 것을 말렸으나 작은 이리 하나가 좀 떨어진 곳에 있는 소의 머리를 살피러 갔다가 한쪽 덫에 걸리고 말았다. 그러자 그 이리는 덫과 소의 목을 끌고 도망친 것이다. 우리는 그 발자국을 추적했다.

2킬로도 채 가기 전에 그 운 나쁜 이리의 모습이 보였다. 브랭카였다. 녀석은 우리를 보자 달아나기 시작했다. 20킬로그램이나 되는 소의 머리를 끌고 달리면서도 우리들과의 거리는 좀처럼 좁혀지지 않았다.

마침내 우리는 사방에 바위가 널려 있는 곳에서 브랭카를 따라잡았다. 브랭카가 끌고 가던 소뿔이 바위 사이에 끼어 옴짝달싹도 못하게 되었기 때문이다. 브랭카는 내가 지금까지 본 적이 없는, 순백색의 고운 털에 감싸여 있는 아름다운 이리였다.

브랭카는 우리에게 덤벼들 듯한 자세를 취하는 한편 동료들을 불러 모으기 위해 큰 소리로 울부짖었다. 그 포효는 골짜기로 길게 울려 퍼졌다. 그러자 저 멀리 고원 쪽에서 그 소리에 화답이라도 하는 듯이 로보 대왕의 저력 있는 울부짖음이 들려왔다. 하지만 브랭카가 동료들에게 신호를 보낸 것은 그것이 마지막이었다. 우리는 브랭카에게 좀 더 가까이 접근해 갔고 브랭카도 온 힘을 다해 우리에게 덤벼들었다.

드디어 처참한 싸움이 시작되었다. 나는 그때의 일을 회상해 보면 지금까지도 소름이 끼친다.

나는 함께 있던 사나이와 둘이서 브랭카의 목에 밧줄을 던져 단단히 묶은 다음 반대 방향으로 말을 몰았다. 드디어 브랭카의 목구멍에서 피가 쏟아졌고 눈자위가 풀렸으며 네 다리는 축 늘어지는가 싶더니 결국 죽고 말았다. 우리는 그 이리의 주검을 말 안장에 싣고 의기양양하게 돌아왔다. 로보의 일당 중에서 비로소 처음으로 한 놈을 처치한 것이다.

브랭카가 최후의 비참한 운명을 마치려는 순간에도, 또한 우리들이 돌아오는 동안에도 로보의 울부짖음 소리가 계속해서 들려왔다. 로보는 먼 고원 길을 헤매면서 브랭카를 찾고 있었다.

사실 브랭카를 그냥 내버려 둘 로보가 아니었다. 하지만 로보는 브랭카를 구해 낼 수 없다는 것을 알고 있었고, 우리들이 가까이 다가가는 것을 보자 멀리 도망쳐 버렸다. 그날 하루 종일 브랭카를 찾아 헤매는 로보의 슬픈 울부짖음이 들려왔다.

나는 카우보이 한 사람에게 이렇게 중얼거렸다.

"이걸로 확실히 알았소. 브랭카는 로보의 아내였던 것이오."

해가 저물자 로보는 계곡에 있는 자신의 거처로 돌아오는 듯 울부짖는 소리가 점점 더 가까워졌다. 그 소리에는 진한 슬픔이 담겨 있었다. 여느 때와 같이 사납게 도전해 오는 듯한 소리가 아니라 길게 호소하는 듯한 외침이었다.

"브랭카! 브랭카……!"

로보는 이렇게 부르고 있는 듯했다.

어느덧 밤이 되었다. 울부짖는 소리로 보아 로보는 우리가 브랭카를 잡은 지점에서 그다지 멀지 않은 곳에 있다는 것을 알 수 있었다. 마침내 로보는 브랭카의 발자국을 발견했는지 브랭카가 죽은 지점에 당도해서는 가슴을 찢는 듯이 비통하게 울부짖었다. 그 소리를 듣고 있으려니 로보가 가엾어 견딜 수가 없었다. 무뚝뚝한 카우보이들도 나와 같은 심정인 듯 이렇게 말했다.

"저토록 울부짖는 이리 소리는 지금껏 들어 본 적이 없는뎁쇼."

로보는 그곳에서 어떤 일이 일어났었는지를 분명히 깨달은 모양이었다. 브랭카가 죽은 장소에는 피가 흘러 있었기 때문이다. 상황을 판단한 로보는 우리들의 발자국을 더듬어 목장 가까이까지 따라왔다. 브랭카를 찾아낼 셈이었는지는 나로선 알 수 없다.

어쨌든 로보가 찾아낸 것은 복수해야 할 상대였다. 운 나쁜 사냥개 한 마리가 로보에게 덤벼들자 로보는 그 개를 출입문에서 50미터가 채 못 되는 곳까지 끌고 가서 갈기갈기 찢어 죽였다. 로보 혼자서 한 짓이 분명했다. 다음 날 아침 조사를 해 보니 로보의 발자국밖에 보이지 않았고 그것도 이리저리 마구 뛰어다녔다는 것을 알 수 있었다. 이것은 드문 일이다. 나는 이런 일이 일어날 것을 예상해서 목장 근처에 몇 개의 덫을 설치해 두었었다.

나중에 안 사실이지만 로보는 실제로 그 덫 중 하나에 걸렸었다. 하지만 그는 엄청난 힘으로 거기서 빠져나와 덫을 내동댕이쳐 버렸다. 이런 상황으로 보아 나는 로보가 브랭카의 주검을 찾아낼 때까지 이 근방에 머물러 있을 것이라고 생각했다. 그래서 나는 모든 지혜를 짜내어 로보를 잡기로 결심했다. 지금과 같은 상황에서 로보는 이 고장을 떠나지 않을 것이고, 슬픔에 잠겨 넋을 잃고 있을 것이 분명하기 때문이다.

나는 브랭카를 죽인 것이 돌이킬 수 없는 실수였음을 깨달았다. 브랭카를 사로잡았더라면 놈을 함정으로 이용해 로보를 잡을 수 있었을지도 모르는 일이다.

나는 모을 수 있는 덫은 모두 끌어모았다. 그리하여 130개나 되는 아주 튼튼한 강철로 된 이리용 덫을 네 개씩 한 짝으로 하여 골짜기로 통하는 모든 통로에 함정을 설치했다. 어느 덫이든 말뚝에다 단단히 매달아 그것을 다시 땅 속에 묻었다. 땅에 묻을 때는 잔디를 들어내고 파낸 흙은 한 줌도 남기지 않고 부대에 넣어 두었다. 잔디를 되묻은 후에 사람의 손이 닿지 않은 것처럼 그 흙을 사용하기 위해서였다. 덫을 땅 속에 숨긴 후에 이번에는 가엾은 브랭카의 주검을 끌고 목장을 한 바퀴 돌았다. 그리고 마지막으로 브랭카의 발을 잘라 그 발로 모든 덫 위에 발자국을 만들어 놓았다.

이와 같이 내가 생각해 낼 수 있는 지혜를 최대로 동원하여 작업을 마친 후 이번에는 틀림없이 성공하리라고 생각하면서 해가 진 후에야 집으로 돌아왔다. 그날 밤, 꼭 한 번 로보의 울음소리를 들은 것 같았으나 확실하지는 않았다. 다음 날 아침 말을 타고 덫을 살펴본 결과, 북쪽 골짜기 근방까지는 조금도 이상한 기미가 보이지 않았다.

저녁 식사를 하면서 카우보이 한 사람이 이렇게 말했다.

"오늘 아침, 북쪽 골짜기에서 소 떼들이 굉장히 소란을 피우던뎁쇼. 아무래도 덫에 뭔가 걸려든 게 아닐까요?"

다음 날, 카우보이가 일러 준 장소에 다다랐을 때는 어느덧 해가 서편으로 기울고 있었다. 내가 가까이 다가가자 갑자기 커다란 회색 물체가 불쑥 일어서더니 달아나려고 버둥거렸다. 내 눈앞에 있는 놈은 틀림없는 로보였다. 이제 카람포의 이리 왕은 꼼짝 없이 덫에 걸리고 만 것이다.

가엾은 늙은 영웅이여! 너는 사랑하는 브랭카를 찾기 위해 애를 태웠었다. 그리고 그 주검의 냄새를 좇는 데 넋을 잃고 헤매다가 급기야는 덫에 걸리고 만 것이다.

로보는 네 개의 강철 덫에 걸려 꼼짝도 하지 못하고 쓰러져 있었다. 로보가 덫에 걸린 근방에는 많은 소 발자국이 남아 있었는데, 소들은 어쩌면 힘없는 원수를 조롱하기 위해 이곳까지 모여들었는지도 모른다. 다만 그들은 로보의 힘이 미치지 않는 거리까지만 접근한 것 같았다.

로보는 사로잡힌 상태로 이틀 밤낮을 버둥거리다가 마침내는 지칠 대로 지쳐 축 늘어져 있었다. 그런데 내가 가까이 접근하자 그는 갈기를 곤두세우며 일어서더니 큰 소리로 울부짖었다. 그 최후의 절규는 천둥소리처럼 온 골짜기에 울려 퍼졌다. 그것은 도움을 요청하는 호소이자 부하들을 불러들이는 호령이었다.

하지만 그의 외침에 화답하는 소리는 끝내 들려오지 않았다. 로보는 홀로 고립된 채 최악의 궁지에 몰려 옴짝달싹도 못하게 된 것이다. 그런데도 그는 내게 덤벼들려고 필사적으로 발버둥쳤다. 하지만 아무 소용이 없었다. 덫은 네 개가 모두 140킬로그램이 넘는 강철로 된 것이었고, 그 네 개의 강철 톱니가 로보의 네 발목을 꽉 물고 놓아주지 않았기 때문이다. 로보는 이제 죽을 수밖에 없는 운명이었다.

상아(象牙)와 같이 날카로운 그의 앞 이빨은 이 무자비한 쇠사슬을 얼마나 물어뜯었던가. 내가 총신으로 녀석을 쿡쿡 찌르자 그는 으르렁대며 총구를 깨물어, 그 자국이 지금까지도 남아 있다.

로보의 눈빛은 증오와 분노로 파랗게 타올랐고, 이를 부드득

갈면서 나와 내가 타고 있는 말을 향해 덤벼들 듯한 자세를 취했으나 그것도 허사였다. 그는 굶주림과 버둥거림과 장시간 흘린 피로 인해 힘이 다 빠져 땅바닥에 쓰러지고 말았다.

나는 가슴이 무너질 듯한 양심의 가책 때문에 괴로웠으나 그가 바로 수많은 소와 양들을 잡아먹은 장본인임을 상기하면서 이렇게 내뱉었다.

"이 괴수, 늙은 무법자여! 너는 줄곧 못된 소행을 저질러 온 영웅이었다. 하지만 얼마 안 있어 너는 한 줌의 썩은 고깃덩어리 신세가 될 것이다. 이것은 어쩔 수 없는 그대의 운명이다."

나는 고리가 달린 밧줄을 휘둘러 로보의 목을 겨냥하여 던졌다. 그런데 휘두른 힘이 좀 약했던 모양이다. 로보는 쉽사리 밧줄에 걸리지 않았다. 밧줄이 목에 걸리자마자 로보는 단단하게 묶은 고리 매듭을 날카로운 이빨로 물어뜯어 버렸다. 잘린 밧줄은 로보의 발 밑에 떨어졌다.

물론 총으로 놈을 단숨에 처치할 수도 있다. 하지만 나는 그 의젓한 왕자의 풍모를 지닌 이리의 모피에 총구멍을 내고 싶지 않았다. 그래서 나는 캠프로 되돌아가서 새 밧줄을 가지고 카우보이 한 사람과 함께 현장으로 돌아왔다.

로보를 향해 작대기를 하나 던지자 놈은 그것을 물어 낚아챘다. 그 순간 우리는 재빨리 밧줄을 던져 로보의 목을 조였다. 그의 파란 눈이 서서히 흐려져 갔다. 이때 내가 이렇게 외쳤다.

"잠깐! 죽이지 말고 산 채로 캠프까지 운반합시다."

로보는 완전히 맥이 풀려 있었으므로 작업은 수월했다. 그의 주둥이에 재갈을 물리고 턱을 단단한 밧줄로 묶은 다음 그것을 또 나무토막에 묶었다. 이렇게 함으로써 위험을 방지할 수 있다. 턱을 움직일 수 없게 된 로보는 아무런 저항도 하지 않았고, 신음 소리도 내지 않았다. 로보는 우리들을 물끄러미 바라보며 이렇게 말하고 있는 듯했다.

"제기랄, 드디어 네놈들이 나를 잡았구나. 자, 이제 네놈들 멋대로 하려무나."

그러고는 우리들을 거들떠보지도 않았다. 로보는 다리가 꽁꽁 묶여 있었지만 그 사이 신음 소리를 내거나 으르렁대지도 않고 목을 움직이지도 않았다. 우리 두 사람은 로보를 간신히 말안장에 실었다. 로보의 숨소리는 잠자고 있는 듯 조용했다. 눈동자는 아직도 맑았으나 그 눈은 우리들을 향해 있지 않았다.

로보의 눈은 저 멀리 드넓게 펼쳐져 있는 고원 쪽을 응시하고 있었다. 그곳은 그가 군림하던 왕국이었다. 하지만 그가 거느리던 무리들도 이제는 뿔뿔이 흩어졌을 것이다.

우리가 탄 말이 협곡의 사잇길로 들어서서 우뚝 솟은 바위가 시야를 가릴 때까지 그는 고원에서 시선을 떼려 하지 않았다. 우리들은 천천히 말을 몰아 무사히 목장에 다다랐다. 로보의 목에 튼튼한 사슬을 채우고 목장의 말뚝에다 매어 놓고 나서야 나는 비로소 로보를 찬찬히 바라볼 수 있었다.

영웅이나 폭군이 살아 있는 동안에는 여러 가지 뜬소문이 전해 오는 법이다. 로보에 대한 소문도 그것이 얼마나 근거 없는 것이었는지 이제야 알게 되었다.

목 둘레에 황금빛 털이 나 있다든가 악마와 동맹을 맺은 증거로 양어깨에 거꾸로 선 십자가 표시가 있다는 것 등이 그것인데 그런 것은 있지도 않았다. 하지만 한쪽 허리에 길쭉하고 폭이 넓은 흉터 자국이 있었는데, 소문에 따르면 태너리의 사냥개인 주노의 이빨 자국이라고 한다. 주노는 로보의 허리에 상처를 입힌 후에 로보에게 물리어 골짜기의 모래밭에 쓰러진 것이다.

나는 고깃덩어리와 물을 로보의 옆에 놓아 두었으나 그는 거들떠보지도 않았다. 조용히 가로누운 채 그 차분한 노란 두 눈으로 내 어깨 너머 드넓게 펼쳐진 평원 — 그의 왕국 — 을 바라보고 있을 뿐이었다. 내가 그의 몸에 손을 대어 보았으나 움쩍도 하지 않았다. 해가 저문 뒤에도 로보는 줄곧 고원 쪽을 바라보고 있었다. 밤이 되면 울부짖는 소리로 동료들을 불러들이리라 생각하고 있었으나 로보는 아무 소리도 내지 않았다.

오늘 낮에 사로잡힌 몸으로 한 번 울부짖었으나 자기를 구해 줄 동료가 없었으니 이제 두 번 다시 소리 지를 필요가 없었던 것이다.

힘을 빼앗긴 사자, 자유를 잃어버린 독수리, 아내를 잃어버린 비둘기, 그것들은 상심이 극에 달하면 죽는다고 한다. 아무리 흉포한 이리 왕이라도 두세 번씩 겹친 충격을 어떻게 견디어 낼 수 있었겠는가.

다음 날 아침, 로보는 여전히 가로누운 채 꼼짝 않고 눈을 감고 있었다. 그러나 그의 영혼은 떠나고 없었다. 늙은 이리 왕은 죽은 것이다. 나는 로보의 목에서 쇠사슬을 풀고 카우보이의 도움을 받아 그의 시체를 헛간으로 옮겼다. 그곳에는 브랭카의 주검이 누워 있었다. 우리들은 브랭카의 옆에 로보를 눕혔다.

카우보이가 혼잣말로 이렇게 중얼거렸다.

"그렇게도 마누라 옆에 있고 싶어 하더니 결국은 그대로 되었군 그래."

《시튼 동물기》(논장, 2000)

시튼 Ernest Tompson Seton

영국에서 태어나 어린 시절을 캐나다에서 보냈습니다. 동물 삽화가로 활동하던 중 건강이 나빠져 요양차 간 뉴멕시코의 카람포에서 그곳의 이리 이야기를 소설화한 〈로보, 카람포의 이리 왕〉을 써 발표했습니다. 이후 〈내가 아는 야생동물〉, 〈산드힐 수사슴의 발자취〉, 〈잿빛곰의 전기〉 등 동물을 소재로 한 글과 소설을 써서 동물 문학의 대가로 이름을 떨쳤습니다.

:: 내용 되새기기

1 카람포 고원은 어디인가요?

2 이리의 이름 '로보'와 '브랭카'의 뜻은 무엇인가요?

3 밤에 양치기들이 양 떼를 지키는 방법은 무엇이었나요?

4 로보는 결국 어떻게 잡히게 되나요?

:: 생각 넓히기

1 로보는 인간의 입장으로 보자면 해치워야 할 대상입니다. 그렇다면 로보의 입장에서 보면 인간은 어떤 존재일까요?

2 로보가 인간처럼 생각하고 말을 할 줄 안다면, 로보가 마지막으로 인간에게 남기고 싶은 말은 무엇일까요?

3 많은 동물들이 멸종 위기에 처해 있습니다. 이들 중 가장 구하고 싶고 보호하고 싶은 동물은 무엇이며, 그 이유는 무엇인지 써 보세요.

내 마음은 두렵습니다

박수현

"깨끗이 갈라서자!"
어린 나는 저도 모르게 베개를 들고 아빠에게 달려갔다. '갈라서자'는 엄마의 말이 내 등을 떠밀었다. 갈라서자는 말이 엄마가 떠나겠다는 소리로 들렸다. 나를 버리고 가겠다는 소리로 들렸다. 엄마 없는 세상은 상상도 할 수 없었다. 쓰디쓴 약이 가슴 한가운데부터 사방으로 번져 가는 것처럼 아팠다. 매서운 바람이 몰아치고 얼음이 꽁꽁 얼어붙은 깜깜한 골목길에 혼자 맨발로 서서 잃어버린 집을 찾아 두리번거리는 심정이었다. 나를 둘러싼 세상이 텅 빈 어둠에 갇혀 버린 것 같았다.

현관 초인종을 누르려다가 멈칫했다. 다시 그 증상이 시작되고 있다. 불안과 두려움으로 두근두근 뛰는 가슴, 못 박힌 듯 굳어 버리는 몸.

"와장창!"

냄비가 날아갔나 보다.

나는 선 채로 호흡을 가다듬었다. 필사적으로. 지금은 '땡'이 없어도 얼음에서 풀려나야 한다. 스스로 얼음을 녹여 내야 한다. 내가 아무리 바라도 저 소리는 스스로 멈추지 않을 것이기 때문에. 그래도 안으로 들어가야 할 책임이 있기 때문에.

나는 두 눈을 질끈 감고 초인종을 눌렀다. 영원히 문이 열리지 않기를 바라는 마음과 빨리 열리기를 바라는 마음이 몇 초 사이에 천 번은 오고 갔다.

마침내 문이 열렸다.

"누나……."

이호. 그래 너일 줄 알았다. 바로 밑 남동생이 눈물범벅이 된 눈으로 나를 쳐다보고 있었다. 잔뜩 겁에 질린 눈이었다.

"그래, 누나 왔어. 괜찮아. 들어가자. 괜찮아, 이호야."

나는 이호의 어깨를 감싸 안고 안으로 들어갔다. 오늘 같은 날, 집은 집이 아니라 말 그래도 '나락'이었다. 공교롭게도 나는 나락에서 나와 나락으로 들어서는 길이었다.

"그래, 부숴라, 부숴! 돈 잘 버니까 다 갖다 부셔!"

거실에서 엄마가 바락바락 소리를 질렀다.

"돈! 돈! 돈! 돈! 너는 남자가 자존심으로 사는 걸 모르지? 알리가 없지. 무식한 게 뭘 알아! 부수라면 못 부술 줄 아냐, 엉?"

아빠가 다시 던질 걸 찾아 두리번거리며 소리쳤다.

"엄마…… 아빠…… 제발……."

나는 더듬더듬 입을 열었다. 가슴이 터질 것 같았다. 제발 참아 달라고, 그만 싸우라고 간절히 말하고 싶었지만 소리가 안 나왔다. 다행인지 불행인지, 더듬거리는 소리나마 들은 아빠가 고개를 돌려서 나를 보았다. 나는 이호를 감싼 팔에 힘을 주며 눈으로 애원했다. 아빠는 내 눈을 외면하며 단호하게 소리쳤다.

"이호 데리고 들어가!"

나는 시키는 대로 했다. 할 수 있는 일이 그것밖에 없었다. 다시 엄마가 눈물을 삼키며 악쓰는 소리가 터져 나왔다.

"새끼들은 커 가는데 나더러 어떻게 살라는 소리야! 하소연도 못 해? 없는 돈에 아둥바둥 살림하다가 하소연도 못 하냐고!"

새끼들. 그래, 방에는 내가 당장 돌봐 줘야 할 동생들이 또 있다. 이준이, 이웅이, 우리 쌍둥이들.

"누나!"

이제 갓 초등학생이 된 쌍둥이가 비 맞은 새끼 새처럼 파들파들 떨며 내 품으로 뛰어들었다.

"괜찮아, 괜찮아, 괜찮아……."

나는 무릎을 꿇고 쌍둥이를 안아 주며 다독였다. 그사이 이호는 털썩 주저앉아 벽에 기대더니 한숨을 푹 내쉬었다. 6학년이 되면서 부쩍 말수가 없어진 아이였다.

"이호야, 이리 와."

이호가 고개를 푹 숙인 채 앉은걸음으로 다가왔다. 나는 방문을 닫고 세 동생을 끌어안았다. 밖에서 또다시 그릇 깨지는 소리가 요란하게 났다. 막내 이웅이가 자지러질 듯한 울음을 터뜨렸다. 그러자 이준이까지 울어 버렸다. 나는 한 팔로는 이웅이 귀를, 다른 팔로는 이준이 귀를 틀어막으며 쌍둥이를 힘주어 끌어안았다. 어떻게든 싸우는 소리가 들리지 않게 해 주고 싶었다. 하지만 두 개밖에 안 되는 내 손으로 세 동생의 귀를 다 막아 줄 수는 없었다.

"못 살아! 이렇게는 못 살아! 차라리 갈라서자, 갈라서!"

엄마가 찢어지는 소리를 냈다. 가슴이 덜컥 내려앉았다. 할 수만 있다면 동생들이 아니라 내 귀를 틀어막고 싶었다.

"누나…… 엄마랑 아빠, 이혼하는 거야?"

이호가 겁에 질린 얼굴로 나를 보며 울먹였다. 나는 짐짓 침착하게 대답했다.

"아니, 안 해. 괜찮아. 엄마가 화가 나서 하는 소리야. 괜찮아."

말은 그렇게 했지만 나도 불안했다. 이호의 불안한 눈동자 속으로 언뜻 내 모습이 비쳤다.

내가 쌍둥이만큼 어릴 때, 이호가 세 살 때, 그때도 지금처럼 엄마와 아빠가 싸웠다. 그때도 지금처럼 그릇이 날아가 깨지고, 엄마가 울부짖었다. 지금보다 더 가난해서 단칸방에 살던 때였다. 하나밖에 없는 방에서 엄마 아빠는 난투극을 벌였고, 이호와 나는 지금 쌍둥이처럼 자지러지게 울었다. 그때도 엄마가 지금처럼 소리쳤다.

"깨끗이 갈라서자!"

어린 나는 저도 모르게 베개를 들고 아빠에게 달려갔다. '갈라서자'는 엄마의 말이 내 등을 떠밀었다. 갈라서자는 말이 엄마가 떠나겠다는 소리로 들렸다. 나를 버리고 가겠다는 소리로 들렸다. 엄마 없는 세상은 상상도 할 수 없었다. 쓰디쓴 약이 가슴 한가운데부터 사방으로 번져 가는 것처럼 아팠다. 매서운 바람이 몰아치고 얼음이 꽁꽁 얼어붙은 깜깜한 골목길에 혼자 맨발로 서서 잃어버린 집을 찾아 두리번거리는 심정이었다. 나를 둘러싼 세상이 텅 빈 어둠에 갇혀 버린 것 같았다.

나는 베개를 있는 힘껏 휘둘러서 아빠를 때렸다. 아빠 때문에 엄마가 떠나려고 하기 때문에. 아빠가 소리를 쳐서 엄마가 갈라서자고 하기 때문에. 아빠를 치며 소리쳤다.

"싸우지 마! 엄마 도망간단 말이야! 아빠, 그만해!"

하지만 아무리 베개를 휘둘러도 아빠는 꿈쩍하지 않았다. 내가 때리거나 말거나 아랑곳없이 주먹을 허공에 대고 휘두르며 고함을 질러 댔다. 나는 그만 방바닥에 주저앉고 말았다. 그때 눈물과 콧물과 침이 한데 엉겨서 턱 밑으로 길게 늘어진 채 숨이 넘어갈 듯 꺽꺽거리는 이호 얼굴이 눈에 들어왔다. 이호가…… 죽을 것만 같았다.

나는 허겁지겁 무릎걸음으로 기어가서 이호를 안았다. 그리고 두 눈을 질끈 감고 두 손으로 이호의 귀를 틀어막았다. 그제야 이호가 으아앙, 울음을 터뜨렸다. 나는 우는 이호의 얼굴을 가슴으로 당겨서 힘껏 끌어안았다. 끌어안은 채 기다렸다.

힘센 어른을 기다렸다. 너무나 힘이 세서 베개로는 꿈쩍도 하지 않는 아빠, 그리고 쉬지 않고 소리치는 엄마를 말려 줄 어른. 하지만 아무리 기다려도 그런 어른은 나타나지 않았다.

"나도 지긋지긋하다! 갈라서자면 못 할 줄 아냐?"

아빠 목소리가 들려왔다. 겁에 질린 채 힘센 어른을 기다리는 어린 동생들이 내 앞에 있었다. 나는 세 동생을 한꺼번에 끌어안으며 큰 소리로 말했다. 엄마 아빠의 목소리가 파묻히기를 바라며 큰 소리로, 짐짓 씩씩하게, 아무렇지도 않다는 듯.

"괜찮아! 울지 마! 누나가 있잖아! 누나가 지켜 줄게. 걱정하지 마. 우리 동생들, 용감하지?"

눈을 떴다. 어두웠다. 잠에서 깬 나는 주위를 둘러보았다. 방 안 풍경이 희끄무레하게 눈에 들어왔다. 동생들이 몸을 잔뜩 웅크린 채 잠들어 있었다. 동생들과 함께 나도 어느덧 잠이 든 모양이었다. 바깥 동정을 살폈다. 잠잠했다. 드디어 싸움이 끝났나 보다. 하긴, 싸움이 끝났으니 잠이 들었겠지. 아마 아빠는 슬리퍼를 끌고 술집으로 갔을 거고, 엄마는 불 꺼진 안방에서 웅크리고 있을 거다.

나는 서랍장 위에 차곡차곡 쌓아 놓은 이불을 내려서 동생들을 덮어 주었다. 막내 이웅이가 꿈에서도 눈물을 삼키는지 흐윽, 소스라치는 소리를 냈다. 나는 행여 깰세라 이웅이의 가슴을 다독다독 두드려 주었다. 이웅이는 한숨을 한 번 푹 쉬더니 잔잔한 숨결을 되찾았다.

나는 동생들이 편하게 잠들기를 빌었다. 편히 자고 편히 깨기를 바랐다. 내일 아침에는 집안이 조용하기를 바랐다. 불안한 기운 때문에 자다가 깬 기억이 떠올랐기 때문이다.

단칸방에 살 때 엄마 아빠는 이따금씩 이른 새벽부터 두런두런 얘기를 주고받곤 했다. 그때까지는 별 탈이 없었다. 자다 깨다 한마디씩 들어 보면, 내 얘기, 이호 얘기, 이웃집 얘기 같은 소소한 이야기들이었다. 그렇게 두런거리는 소리를 엿듣다가 깜박 잠이 들 때도 많았다.

문제는 그렇게 시작한 얘기가 싸움으로 번지는 경우였다. 지금도 그렇지만 싸움의 발단은 주로 돈 때문이었다.

"돈, 그놈의 돈!"

대개는 아빠가 그렇게 소리를 지르면서 싸움이 시작됐다. 그리고 아빠 목청이 커지는 순간, 나는 잠에서 번쩍 깨어났다. 번쩍, 이기는 했지만 눈을 뜨거나 몸을 일으킨 건 아니었다. 정신이 번쩍 들었다는 뜻이다. 평소에는 저음이다가 화가 나면 조금 높고 가늘어지는 아빠 특유의 목소리에, 잠에서 깰 때마다 가슴이 두방망이질 쳤다. 쿵쾅쿵쾅 심장이 뛸 때마다 가슴골을 타고 두려움과 불안감이 퍼져 나갔다.

불안한 가운데서도 나는 잠에서 깬 내색을 하지 않았다. 어쩐지 그래야 할 것 같아서. 한편으로는 계속 자고 있으면 엄마 아빠가 싸움을 멈출지도 모른다는 기대감 때문이었다. 하지만 그런 기대가 현실로 이루어지는 일은 거의 없었다.

내 바람과 달리 엄마 아빠의 목소리는 점점 더 커지고 말투는 거칠어져 갔다. 그리고 나는 꼼짝도 할 수 없었다. 일어날 수도, 잘 수도 없었다. 어쩌면 나의 그 기묘한 '얼음땡' 증상은 그때부터 시작된 것인지도 모른다.

그런데 어떤 날은 싫어도 몸을 뒤척일 수밖에 없었다. 오줌이 너무 마려웠기 때문이다. 하루는 반듯하게 누워 있는데, 오줌이 마려워서 아랫배가 터질 것 같았다. 나는 하는 수 없이 뒤척이는 척하며 옆으로 돌아누웠다. 돌아누우며 살짝 눈을 떴는데, 희미한 새벽빛에 비친 이호의 얼굴이 눈에 들어왔다. 이호가 눈을 질끈 감고 있었다. 얼마나 힘을 주었는지 양 눈썹이 가운데로 몰려 있었다. 이호도 깨어 있었던 거다. 이호도 나처럼 잠이 든 척했던 거다.

뭐라고 형언하기 힘들 만큼 마음이 아팠다. 이호는 대체 언제부터 그랬을까? 나는 괜찮았다. 내가 불안하고 두려운 건 참을 만했다. 그런데 이호가 나처럼 힘들게 견디고 있었다는 걸 안 순간, 몸속에서 불꽃이 터진 것처럼 분노가 폭발하고 말았다. 나는 벌떡 일어섰다.

"제발 그만……."

나는 그 두 마디밖에 토해 내지 못했다. 엄마와 아빠가 동시에 나를 보았다. 엄마 아빠 눈이 휘둥그레졌다. 내 종아리를 타고 오줌이 줄줄 흘러내리고 있었던 거다. 딱 한 번, 내 힘으로 엄마 아빠의 싸움을 멈춘 날이었다. 그리고 화가 나면 '어버버' 수준으로밖에 말을 못 하게 된 첫날이기도 했다.

그 뒤로도 엄마 아빠의 싸움은 끊이지 않고 이어졌다. 싸움을 말릴 유일한 수단은 내 오줌이 아니라 돈이었으니까. 소문난 싸움꾼 부부의 딸인 나는 평균 이하의 싸움 실력 때문에 한 번 더 오줌을 쌌다. 초등학교 5학년이라는 나이에, 교실에서, 아이들이 다 지켜보는 가운데.

발단은 이상훈이라는 남자애였다. 그즈음 나만 보면 짓궂게 장난을 쳐 대는 아이였다. 하필이면 내 뒷자리에 앉아서 수업 시간마다 뾰족하게 깎은 연필로 내 목을 간질이고, 머리카락을 헤집곤 했다. 지우개 가루를 몽땅 만들어 내 자리로 훅훅 불어 날리기도 했다. 하지 말라고 몇 번 말했지만 소용이 없었다.

그러던 어느 날, 수업이 끝난 직후였다. 화장실이 급했지만 꾹꾹 참고 있던 터였다. 나는 선생님이 나가자마자 벌떡 일어서서 뒷문으로 달려갔다. 아니, 달리려고 하다가 콰당 넘어지고 말았다. 이상훈이 내 발을 슬쩍 건 거였다. 놀란 아이들이 우르르 몰려들었다. 창피하고 화가 나서 얼굴이 벌겋게 달아올랐다. 나는 이상훈을 가만두지 않겠다는 생각으로 번개처럼 일어서다가 그만…… 오줌을 싸고 말았다. 뜨뜻한 오줌이 다리를 타고 흘러내리는 동안 나는 하늘이 노랗다는 말이 무엇인지 실감했다. 심지어 이상훈마저도 어쩔 줄 모르는 얼굴로 나를 쳐다보고 있었다.

그 뒤로 내 곁에 얼씬거리는 아이는 단 한 명도 없었다. 나한테 말을 거는 아이도 없었고, 내 말에 대꾸하는 아이도 없었다. 이상훈도 더는 나한테 장난을 치지 않았다. 그렇게 오래오래 나는 혼자였다.

학교에서 철저히 혼자가 되어 지내는 동안에도 엄마 아빠는 그칠 줄 모르고 싸워 댔다. 중학생이 되면서는 두려움과 불안감만큼 분노도 함께 쌓여 갔다. 대상이 딱히 없는 분노였다. 싸움에는 지지리도 소질이 없으니 대상이 없는 편이 나았는지도 모른다.

하지만 억누르면 터진다고 쿨샘도 말하지 않았나. 내 분노도 어느 날 나름의 대상을 찾아서 폭발했다. 학교 유리창이었다. 아무도 없는 빈 교실 유리창. 나는 큼직한 돌멩이를 집어서 힘껏 던졌다. 유리는 기대했던 것보다 훨씬 큰 소리를 내며 깨졌다. 속이 후련했다. 한 번도 경험해 보지 못한 쾌감에 온몸이 파르르 떨려 왔다. 난생처음으로 아빠가 이해될 지경이었다. 아, 이 맛에 던지는군!

그러나 쾌감을 만끽할 사이도 없이, 나는 당직을 서던 수위 아저씨한테 붙들렸다. 이튿날 담임이 시니컬한 얼굴로 물었다.

"부모님 모시고 올래, 한 달 동안 반성문 쓸래?"

나는 반성문을 택했다. 그리고 열심히 썼다. 진짜로 반성하는 진짜 반성문이었다. 나는 그 한 달 동안 재활 치료 중인 마약 중독자처럼 그날 밤 맛본 쾌감을 반성하고 또 반성했다. 그 쾌감을 잊지 못해서 아빠를 닮아 갈까 봐 피나게 반성했다.

내가 반성하지 않으면 이호도 그 쾌감을 알아 버릴 것 같아서 반성했다. 이준이, 이웅이까지도. 왜 그런 생각이 드는지는 몰랐지만 오싹 끼치는 소름에 온몸을 후드득 떨며 한 달 내내 반성했다.

하지만 그 쾌감만큼은 지금까지도 생생하게 살아 있다.

"너 이년, 왕따였지?"

쿨샘이 그렇게 물었을 때 사실 당황했다.

"표시…… 나요?"

당황한 표정을 숨기지 못하자 쿨샘이 오히려 당황한 것 같았다.

"아니, 그냥 해 본 소리구만……. 표시가 난 게 아니라, 나랑 비슷한 것 같아서 물어본 거야."

"네? 샘이요? 샘이 왕따였다고요?"

놀라웠다. 천하의 쿨샘이 왕따였다니.

쿨샘 차를 얻어 탄 날이었다. 야자 끝나고 나오는 길이었는데, 쿨샘이 마침 혼자 학교를 빠져나오던 나를 보고 차를 세웠다.

"야, 타! 가는 데까지 데려다줄게."

나는 얼른 올라탔다. 마다할 이유가 하나도 없었다. 우쭐, 신이 나기까지 했다.

"넌 술 담배 안 하냐?"

차에 타자마자 쿨샘이 물었다. 나는 영문을 몰라서 멀뚱멀뚱

쿨샘만 쳐다봤다.

“아니, 지난번에 어떤 년을 태웠는데, 담배 냄새가 확 나는 거야.”

“그래서요?”

“‘야, 이년아! 내가 니 선생이야, 선생!’ 소리를 꽥 질러 줬지.”

그때 왜 이순정 얼굴이 스치고 지나갔는지 모르겠다.

“근데 넌 안 하냐고, 술 담배?”

“타락도 돈이 있어야 하는 거예요.”

진심이었다.

그렇게 우연히 쿨샘과 한 차에 타고 얘기를 나누게 되었다.

“왕따보다는 스따에 가까웠겠다.”

“왜요?”

“그냥. 인생이 우울해서.”

“샘도 우울할 때가 있으셨어요?”

“난 사람 아니냐? 왜 그렇게 우울했는지는 나중에야 알았지.”

“왜 그랬는데요?”

“나 어렸을 때, 우리 엄마 아빠가 무지하게 싸웠거든.”

“네에…….”

나는 최대한 아무렇지도 않은 척 대답했다. 나는 그런 것 잘 모른다는 듯. 하지만 가슴이 서늘해지는 건 어쩔 수 없었다.

“어느 날 새벽에 눈을 떴는데, 엄마가 윗목에 웅크리고 앉아 있는 거야. 근데, 어라? 엄마 옆에 가방이 있네? 내가 어쨌는지 아냐?"

"……?"

"자다가 엉엉 울면서 엄마한테 매달렸어. 나도 데려가라고. 제발 나도 데리고 가라고……. 겁이 났거든. 엄마가 언니랑 오빠만 데라고 가 버릴까 봐 너무너무 겁이 난 거야. 사람들이 만날 나한테 아빠 쏙 빼닮았다고 그랬거든. 아빠를 닮았으니까, 나도 아빠처럼 꼴 보기 싫어서 엄마가 나만 놔두고 가 버릴 것 같았어. 어휴!"

쿨샘이 후드득 몸을 떠는 시늉을 했다. 지금 생각해도 아찔하다는 듯. 가슴이 싸했다. 갑자기 눈물이 핑 돌았다. 예상치 않은 일이었다. 나는 얼른 손등으로 눈두덩을 슥 문지르고 태연한 척했다.

"우냐? 와, 그렇다니까. 내가 이렇게 감동을 준다니까. 아, 난 진짜……."

"울긴요, 안 울어요!"

나는 짐짓 큰소리를 쳤다. 실은 우리 막내 얼굴이 떠올라서 눈물이 난 거였다. 그런 일이 있었구나, 쿨샘도 막내였구나.

"흠, 암튼 그때부터 매일매일 불안했던 것 같아. 자고 일어나면 엄마가 나만 두고 가 버렸을까 봐. 그래서 한동안 엄마한테 찍소리도 못 했어. 엄마 눈치만 살살 살피고……. 암튼 우울했다."

"그래서…… 샘도 마음 일기를 쓰신 거예요?"

"아니, 마음 일기를 쓴 건 아니고, 마음이 뭔가, 공부를 했지.

내 마음이란 걸 알아주고, 관찰하고, 대답해 주고 하는 연습을 하다 보니까, 어느 날 내 모습이 보이더라. 그런 일이 있었다는 것도 까맣게 잊고 있었는데 갑자기 생각난 거야. 엄마한테 매달리던 내 모습이 딱 떠오르는데, 막 눈물이 나더라. 어린 내가 되게 안됐더라고."

"네에. 그래서 샘 엄마는 어떻게 되셨는데요?"

"지금도 아빠랑 티격태격하면서 사신다. 지난번에는 엄마한테 막 따졌지. 나한테 사과하라고. 그때 왜 그랬냐고."

"그랬더니요?"

"엄마는 그럴 생각이 없었대. 집을 나가 버릴까, 생각은 했는데 나를 미워한 적은 없다는 거야. 내 참, 우울했던 내 인생이 억울해서 원……. 그래도 마음공부를 한 덕분에 내가 그때 그랬구나, 알게 된 거야. 겁에 질린 어린 나를 안아 주고, 괜찮다고 해 주고……. 이제는 마음이 많이 풀렸어. 그런 상처가 있다는 걸 나 자신도 몰라줬으니 그동안 내 마음이 주인인 나를 얼마나 미워하고 원망했겠냐."

"샘, 마음을 알면 뭐가 좋아요?"

나는 궁금했던 걸 물었다. 어떻게 하면 어둡고 무거운 얘기를 쿨샘처럼 가볍게 털어놓을 수 있는지 알고 싶었다.

"좋은 점……. 힘이 생겨. 내 마음을 모르면 눈이 자꾸 밖으로 가거든. 다른 사람, 다른 조건, 다른 환경, 이런 것 때문에 흔들리고, 힘들고, 괴로워질 때가 많아. 그런데 내 마음을 알면 중심이 잡히면서 흔들리지 않게 돼. 힘들면 힘들구나, 하고 내가 알아주고 지치면 지치는구나, 하고 내가 알아주는데 굳이 다른 사람 위로가 필요하지 않잖아. 다른 사람 눈치 안 봐도 되잖아."

지난번 테스트 시간에도 한번 들은 이야기였다. 하지만 여전히 알 것도 같고 모를 것도 같았다. 나는 잠자코 쿨샘 이야기에 귀를 기울였다.

"그리고 지혜가 생겨. 어차피 내가 바꿀 수 있는 건 한계가 있어. 너, 아무리 소원한다고 해도 네 힘으로 남북통일을 이룰 수 있니?"

"……."

"빌 게이츠가 되고 싶다고 해서 당장 될 수 있어? 저런 새끼들을……!"

오른쪽 차선에 있다가 갑자기 우리 앞으로 끼어든 승용차 때문에 급브레이크를 밟으며 쿨샘이 소리쳤다.

"갑자기 매너 있는 사람으로 바꿀 수 있냐고! 마음을 열면 저 인간이 어떻고, 누가 부럽고, 누가 미워 죽겠고, 하는 데 에너지를 낭비하는 시간이 줄어들고, 그 대신 지금 당장 내가 할 수 있는 일이 무엇인지 찾게 되지. 누가 부러우면 아, 내가 부러워하는구나, 그럼 저 사람처럼 되려면 뭘 해야 할까, 하고. 대책을 세울 수 있게 된단 소리야."

나는 고개를 끄덕였다.

"그리고 중요한 건데, 내가 항상 옳은 것만은 아니라는 사실을 알게 돼. 좀 전에 끼어들었던 사람 있지?"

"네."

"미안하다고 비상 깜빡이 켜고 좌회전 차선으로 다시 옮겨 갔어. 길을 몰라서 차선을 잘못 탔다가 표지판을 보고 급하게 좌회전을 해야 해서 끼어들었던 거야. 매너가 없는 게 아니라 몰라서 그랬던 거라고. 이러면 내가 욕했던 게 부끄러워지잖냐. 우리 엄마가 나만 놔두고 가 버릴 거라고, 틀림없이 그럴 거라고 믿었는데 결과가 어때? 엄마는 그럴 생각이 없었다잖아."

"그러니까 다른 사람을 이해하게 된다고요?"

"그럴 수도 있지. 그런데 어떨 때는 이해하는 것도 오해가 될 수 있어. 내 마음도 모르는데 다른 사람 마음을 내가 어떻게 알겠니. 섣불리 이해했다고 믿는 것도 위험하지. 그냥, 지금 내가 생각하는 게 옳지 않을 수도 있다, 이 사실만 잊지 않아도 마음이 한결 느긋해져. 덜 오해하고, 덜 미워하고, 그래서 내 자신이 덜 힘들지."

"그럼 자신감이 없어지지 않을까요? 옳다고 믿고 밀고 나가야 하는데, 처음부터 김이 빠지면……."

"아니지, 옳다고 믿고 빡세게 밀고 나갔는데 실패하면 완전 실망이잖아. 옳지 않을 수도 있지만 해야 하니까. 하지만 실패할 수도 있다, 하고 미리 마음을 먹으면 초조하지 않지. 성공하면 좋고, 실패해도 실망하지 않고, 오히려 더 자신감이 생길 수도 있다, 이 소리야. 그러면 스스로를 미워하는 일도 줄어들게 돼.

실패해도 미워하지 않게 된다 이거지. 점점 더 자신을 사랑하게 되는 거여. 그러면 어떻게 돼, 딴 사람이 나를 좀 덜 사랑해도 내가 날 사랑하니까 꿋꿋하게 버틸 수 있는 거여. 이게 마음을 알면 좋은 점들이여, 알겄냐?"

"그러면 샘은 자신을 사랑해서 혼자서도 잘 사시는 거예요? 결혼도 안 하시고?"

내가 물었다. 진짜로 궁금하기도 하고.

"미쳤냐? 난 남자가 필요해. 절대적으로다가! 연애를 해야 한다고! 내 자신보다 남자가 더 좋아, 난."

쿨샘다운 대답이었다. 키득거리며 차에서 내리려는데 쿨샘이 지나가는 말처럼 물었다.

"너네 엄마 아빠는 안 싸우시냐?"

"에? 에, 별로……. 고맙습니다, 샘. 안녕히 가세요!"

나는 얼른 차에서 내렸다.

'추카 추카! 꿈이 생긴 것, 진짜로 축하한다.^^ 경찰대 안 가도 경찰관은 될 수 있는 거 알지?'

역시 쿨샘은 내 기대를 저버리지 않았다. 마음 일기장을 덮고 시계를 보았다. 새벽 3시 37분. 현관문 열리는 소리가 들렸다. 아빠가 들어오는 모양이었다. 술에 취했겠지. 다시 마음이 무거워지려고 했다. 나는 가슴에 손을 대고 혼자 중얼거려 보았다.

"강아지, 불안해지려고 하는구나. 너 지금 불안하니?"

그리고 머리를 굴려 보았다. 지금 당장 내가 할 일이 뭘까. 해야 할 일. 나는 아직 옷도 못 갈아입은 상태였다.

'지금 당장, 교복부터 갈아입자. 옷 갈아입고 일단 자자.'

《열여덟 너의 존재감》(르네상스, 2011)

박수현

전남 구례에서 태어났습니다. 중앙대학교 영어영문학과를 졸업했으며, 어린이와 청소년을 위한 책을 쓰고, 또 번역하는 일을 하고 있습니다. 지은 책으로는 《바람을 따라갔어요》, 《굿바이 사춘기》, 《노란 쥐 아저씨의 선물》, 《시골집이 살아났어요》, 《아름다운 아이 세진이》 등이 있고, 옮긴 책으로는 《비가 왔어요》, 《그냥, 들어 봐》, 《사진이 말해 주는 것들》 등이 있습니다.

:: 내용 되새기기

1 '나'가 딱 한 번, 내 힘으로 엄마 아빠의 싸움을 멈추게 한 적이 있습니다. 그때의 상황이 어떠했나요?

2 '나'가 잠자리에서 꼼짝 못하고 '얼음' 상태가 되는 것은 무엇 때문인가요?

3 '나'는 왜 학교 유리창을 깨게 되었나요?

4 쿨샘은 마음을 알게 되면 좋은 점이 무엇이라고 했나요?

:: 생각 넓히기

1 여러분이 살면서 두렵고 불안했던 경험에는 어떤 것이 있나요? 그리고 여러분은 그것을 어떻게 해결하고 있나요?

2 주인공은 엄마 아빠가 싸울 때 동생들의 귀를 막고 참았습니다. 여러분이 주인공이라면 그럴 때 어떻게 할지 말해 보세요.

제비역

하이타니 겐지로

"제비가…… 머무는…… 곳은…… 모두…… 제비역입니다."
다치키 아저씨는 혼잣말처럼 말했다.
"치카…… 정말…… 그래…… 머무는 곳은…… 앞으로 나아가기 위한 역이야…… 치카도, 아저씨도…… 그렇게 생각하고 힘내자……."
다치키 아저씨는 조용히 눈을 감았다. 나는 아저씨의 감긴 눈꺼풀에서 흐르는 한 줄기 눈물을 보았다.

1

엄마가 또 울고 있다. 내가 괴롭혔기 때문에.

찬물로 얼굴을 씻었더니 상쾌하다며 방으로 들어왔지만, 눈가는 여전히 빨갛다.

"또 거짓말하네."

나는 엄마한테 아주 작게 들릴 정도로 나지막이 말했다.

"엄마를 울리는 건 아무것도 아니다. 네 안의 작은 악마가 그렇게 시키는 거니까. 네가 아무리 그런 말을 해도 엄만 아무렇지도 않아."

엄마는 그렇게 말하지만, 내가 심술궂게

"나는 어차피 죽을 아이니까."

하고 말하면, 엄마의 신경질적인 구석구석이 씰룩씰룩 움직이나 보다.

내가 처음 그 말을 했을 때, 엄마는 정색을 하고 꾸짖었다.

"너 그딴 소리 하면, 엄마는 몸서리가 나. 착각하지 마. 네가 겁준다고 정말 그렇게 되면 어쩌나 싶어서 떨진 않으니까. 너는 해서는 안 될 말로 주위 사람한테 상처 주는 걸 즐기고 있나 본데, 넌 겨우 열세 살이야. 이런 애가 또 있을까. 그렇게 생각하면 엄만 몸이 떨리는구나."

"애도 자살해."

나는 그때 엄마한테 그렇게 되받았다.

엄마가 나한테 별로 화를 내지 않게 된 것은, 내가 세 번째 심장 수술을 받고 몸이 아주 약해지기 시작했을 때부터다.

나는 이 병원의 의사 선생님들이 너무너무 싫다. 딱 한 사람만 빼고. 머리를 박박 깎은 하나무라 고로라는 젊은 의사 선생님이다. 내가 쟁반이라는 별명을 지어 준 그 선생님은 나를 "다람쥐야." 하고 부른다.

내 눈이 다람쥐와 닮았다지만, 쟁반 선생님은

"귀여운 동물일수록 잔인한 법이지."

하고 조금도 웃지 않고 말한다. 그러면서도 6학년인 나한테 다짜고짜 "결혼해 줘." 하고 말하는 통에 엄마는 질려 버렸다.

내가 "바람 안 피우면 결혼해 줄게." 하고 말했더니,

"이런이런, 그렇게 잔인한 말을 하다니……."

하고 말했다. 바람 피우지 말라는 게 어째서 잔인한 말일까? 그런 소리 하는 걸 보면, 이 선생님은 나 말고도 좋아하는 사람이 아주 많겠지.

엄마가 운 건 아빠 때문이었다. 아빠가 나를 만나고 싶다고 했단다.

"그래서?"

나는 엄마한테 차갑게 말했다.

"그래서라니? 네 생각을 묻고 있잖아."

"엄마가 만나고 싶으면 만나."

이번에도 나는 차갑게 대꾸했다.

"너를 만나고 싶다잖아."

엄마가 화난 듯이 말했다.

"나, 별로 만나고 싶지 않아."

엄마는 짧게 한숨을 내쉬었다.

"엄마가 만나고 싶은 거지?"

나는 스스로 심술궂다고 생각하면서도 그렇게 말했다.

"네 문병 정도야 봐줄 수도 있잖아. 엄마한테도 그쯤의 여유는 있어."

나는 한동안 잠자코 있었다. 그러고는 말했다.

"그럼 내가 곧 죽을 거라고 결정난 뒤에 만나면 되겠네. 아주 좋은 생각이지?"

엄마는 필사적으로 감정을 억누르고 있는 것 같았다. 엄마의 얼굴이 빨개지더니 이내 파래졌다. 몸이 가늘게 떨리고 있었다.

나는 여지껏 엄마한테 한 번도 맞은 적이 없지만, 그때는 엄마한테 맞을지도 모른다고 생각했다. 하지만 엄마는 때리지 않았다. 나는 다시 한 번 잔인한 말을 내뱉었다.

"그럼 엄마하고 아빠는 다시 사이가 좋아질 거야. 얼마나 근사해?"

아빠는 엄마와 이혼하고 지금은 다른 여자와 살고 있다. 아이도 있다.

"엄마랑 아빠가 다시 옛날로 돌아가서 나 같은 것 잊는다고 해도, 난 엄마를 원망하지 않을 거야."

엄마는 휙 하고 돌아섰다. 그러고는 몹시 거친 동작으로 문을 열고 바깥으로 나가 버렸다.

엄마 또 우는구나, 생각했다.

2

옆 병실의 다무라 할아버지가 돌아가셨다. 할아버지를 16년이나 간호해 온 할머니가 인사하러 오셨다.

엄마는 다무라 할머니가 곁에 있어서 큰 도움이 된다고 했다. 다무라 할머니가 없었다면, 내 심술 때문에 정말로 신경쇠약에 걸렸을 거라고도 했다.

할머니의 극진한 병간호는 나도 잘 알고 있다.

내 병실이랑 다무라 할아버지의 병실은 각각 독립된 개인 병실로 나란히 붙어 있었다. 원래는 대학 병원의 특실이었는데, 한쪽은 대기실이었던 곳을 병실이 부족해서 개조했다고 한다. 그래서 병실과 병실 사이에 나무 문이 있고, 그 문을 열면 복도를 통하지 않고도 오갈 수 있다.

외로움을 많이 타는 엄마는 다무라 할머니한테 부탁해서 특별한 경우가 아니면 항상 문을 열어 놓고 지냈다. 그 때문에 할머니의 행동 하나하나가 훤히 보였다.

할머니는 할아버지의 시중을 들 때면 언제나 상냥하게 말을 걸었다. 할아버지는 의식도 흐릿하고 대소변도 가리지 못하기 때문에 말을 걸어도 알아듣지 못했지만, 할머니는 항상 마음을 담아 말했다. 화를 내거나 불평한 적은 한번도 없었다.

"이제 부처가 다 된 것 같아요."

할머니는 할아버지를 보고 그렇게 얘기했지만, 나는 정말로 부처 같은 사람은 할머니라고 생각한다.

"나는 아마미의 가난한 섬에서 자랐는데, 이 사람을 만나 처음으로 행복을 느꼈다우."

언젠가 할머니는 엄마한테 그렇게 말했다. 엄마는 그날 하루 종일 부끄럽다는 말만 되풀이했다. 엄마는 부잣집에서 태어나 자기 마음대로 자랐기 때문에 지금 이렇게 고생한다며 울곤 했는데, 할머니의 말을 듣고 반성한 것이다.

"병원에 자주 들르마. 치카가 다 나을 때까지 병원으로 찾아올 거야."

다무라 할머니는 말로만 그러는 게 아니라, 정말로 그럴 거라고 나는 생각했다.

엄마를 괴롭힐 때처럼

'나는 곧 죽을 아이니까 그래 봤자 소용없어요.'

하는 말은 도저히 할 수 없었다.

"치카는 착한 아이인데, 괜히 심통 부려서 엄마 울리고 그러지 마라."

다무라 할머니는 마지막으로 그렇게 말했다. 나는 혀를 쏙 내밀었다.

다무라 할아버지 다음으로 옆 병실에 올 사람이 누구일지 몹시 궁금했다. 엄마도 마찬가지였는지,

"다무라 할머니처럼 저 문을 하루 종일 열어 둘 수 있는 사람이었으면 좋겠는데……."
하고 불안한 듯 말했다.

나는 네 번째 수술을 받기로 되어 있었다. 하지만 누가 뭐래도 이번 수술은 절대 받지 않기로 했다. 수술 전의 여러 가지 검사가 너무나 끔찍했기 때문이다. 아무것도 못 먹고 토하기만 하는 건 어떻게든 참을 수 있다고 해도, 무거운 돌 밑에 깔려 움직이지도 못하고, 괴롭다고 소리치고 싶어도 한마디도 나오지 않을 때의 고통은 아무도 모른다. 나는 이제 파란 지렁이가 되어 그곳에 있는 나 자신을 내내 저주하고 있다.

나는 벌써 세 번이나 죽었다.

나는 죽음의 신에게 사랑받는 아이.

내가 툭하면 엄마를 괴롭히는 까닭은 이런 불공평한 일에 화를 내고 있기 때문인지도 모른다. 내가 옆 병실에 맘씨 좋은 사람이 들어오기를 바라는 것은, 내가 아무리 엄마를 괴롭혀도 다무라 할머니처럼 엄마를 위로해 줄 수 있는 사람이었으면 좋겠다는 나의 자기 중심적인 생각.

3

다무라 할아버지가 돌아가신 지 딱 일주일째 되는 날, 옆 병실에 중년 남자가 들어왔다.

나는 실망했다. 그 사람이 싫어서가 아니다. 나는 막연히 젊은 여자일 거라고 생각하고, 있지도 않은 일을 마구 공상하며 흐뭇해하고 있었는데, 그 공상을 앗아가 버리는 바람에 맥이 탁 풀렸을 뿐.

다치키라는 그 아저씨는 멀리 고베의 마이코에서 왔기 때문에, 하루 종일 시중을 들어 주는 간병인이 딸려 있었다. 간병인 나가타니가와 씨는 바짝 마르고 눈꼬리가 살짝 치켜 올라가 있다. 차가운 느낌이 드는 사람으로, 내가 좋아하지 않는 타입.

다치키 아저씨는 입원한 첫날부터 우리 병실에 인사하러 와서는 고베 과자를 내밀었다. 나는 '이런 밤과자는 아무 데서나 살 수 있는데…….' 하고 생각했다.

나는 엄마한테는 심술을 부리지만 남들한테는 싹싹하다.

"넌 집 안에서만 큰소리치는 못난이야. 네가 남자였으면, 네 부인 될 사람이 불행했을 거야."

언젠가 엄마가 내게 말했었다.

내가 남들한테 싹싹한 건 겁이 많기 때문이라고 생각한다. 겉으로만 친한 척하는 사이도 싫지만, 비록 약간의 거짓이 섞이더라도 마음 편한 관계가 낫다. 이를테면 엄마랑 아빠가 싸워서 내가 그 사이에서 흠칫거리는 것보다는, 아빠가 없는 아이라는 말을 듣더라도 하루하루 평화롭게 사는 편이 좋다. 나는 에고이스트인가 보다.

다치키 아저씨는 내 얼굴을 보고 엄마한테 말했다.

"저는 운이 좋군요."

엄마가 의아한 표정을 짓자, 다치키 아저씨가 말했다.

"저는 아이의 웃는 얼굴이 제일 좋아요. 이 사람, 내가 마음에 들었으면 좋겠는데."

나를 아이라고 하지 않고 사람이라고 해 주어서, 나는 호감이 갔다.

"자제분은 있으세요?"

엄마가 물었다.

"네, 큰딸이 올해 1학년이죠. 그 밑으로 두 살씩 터울로 남자아이 둘이 있고요. 막내가 응석받이라 큰일이에요."

다치키 아저씨는 아주 진지하게 대답했다.

"병원에 혼자 있으면 적적하시겠어요."

"네."

나는 다치키 아저씨의 표정이 밝은 걸 보고서, 큰 병에 걸린 건 아닌가 보다 생각했다.

다치키 아저씨는 몸짓이나 말투가 좀 이상했다. 나는 직관적으로 저게 다치키 아저씨의 병이구나 싶었다. 전체적으로 몸놀림이 굼떴고, 무거워서 견딜 수 없는 혀를 가까스로 움직이듯이 말했다.

눈이 참 아름다운 사람이었다. 원래부터 눈동자를 많이 움직이지 않는 사람인지 아니면 병 때문인지, 다치키 아저씨는 늘 한 곳을 지그시 바라보며 이야기했다.

그날 밤, 나는 엄마한테 물었다.

"엄마는 저 문, 열어 둬도 괜찮은 사람이라고 생각해?"

"글쎄. 아직 어떤 사람인지 잘 모르고, 게다가 남자잖니."

말은 그렇게 하지만, 엄마도 그다지 싫은 눈치는 아니었다.

"왜 부인이 안 왔을까?"

"어린애들이 셋이나 있다니, 그 뒷바라지만 해도 이만저만이 아니겠지."

"역시 부부는 등 돌리면 남인가?"

내가 짓궂게 말했다.

"무슨 말이니? 어린애가 그런 말 하면 못써! 엄마가 아빠와 이혼했다고 해서 자식한테 그런 소리를 듣는 건 도저히 못 참겠구나!"

엄마가 화를 버럭 내며 말했다.

"그렇게 화낼 건 없잖아. 별 생각 없이 한 말인데."

"그런 말을 별 생각 없이 하는 건……."

엄마는 중간에 말을 끊었다가 다시 이었다.

"넌 엄마 어릴 때하고 많이 닮았어."

엄마는 한숨을 내쉬었다.

안 지도 얼마 안 돼 허물없이 굴 수도 없는 데다 다치키 아저씨도 그런 구분이 확실한 사람 같아서 나는 한동안 문만 뚫어지게 바라보았다. 내가 그 문을 두드린 건 너더댓새가 지난 뒤였다.

"누구세요?"

문 저쪽에서 다치키 아저씨의 목소리가 들렸다.

"저, 치카예요."

"아, 치카구나!"

다치키 아저씨의 목소리는 여전히 무겁게 질질 끌리는 듯했지만, 거기에는 어쩐지 따스함이 배어 있는 것 같았다.

나는 다치키 아저씨가 나를 환영한다고 생각했다.

"심심해서요. 놀러 가도 돼요?"

"암, 되고말고!"

다치키 아저씨는 몹시 들뜬 것 같았다. 나는 복도를 지나 병실 문을 열고 정식으로 다치키 아저씨를 방문했다.

"반갑구나."

다치키 아저씨가 말했다. 간병인은 없었다.

나는 다치키 아저씨의 병실을 이리저리 둘러보았다. 병실이란 곳은 어디나 똑같아서 특별한 점은 없지만, 그렇게라도 하지 않으면 왠지 쑥스러웠던 것이다.

다치키 아저씨의 머리맡엔 사진이 놓여 있었다. 왼쪽에 끝이 뾰족한 육각형 건물이 있고, 오른쪽에 섬 그늘, 거기에 소형 증기선이 끄는 거룻배를 탄 다치키 아저씨네 가족이 찍혀 있었다. 다치키 아저씨를 쏙 빼닮아 눈매가 시원스런 세 아이가 수영복 차림으로 튜브를 들고 웃고 있었다.

내가 사진을 한참 보고 있으니까, 다치키 아저씨가 설명해 주었다.

"치카, 마이코 공원이라고 아니? 그거 마이코 공원에서 찍은 거야. 사진에 보이는 섬은 아와지 섬이고. 그리고 이 건물은 육각당이라고 하는데, 유서 깊은 건물이지. 중국의 손문이라는 훌륭한 사람이 살았대."

다치키 아저씨가 자기 아이들 이야기는 하지 않고 주위 풍경 이야기만 늘어놓아서, 나는 좀 이상하다고 생각했다.

그때 다치키 아저씨가 불쑥 말을 꺼냈다.

"치카는 어머니와 단둘이 산다지?"

그제야 나는 알았다. 다치키 아저씨는 나를 배려하느라 자기 아이들 이야기를 하지 않은 거다. 나는 다치키 아저씨 쪽으로 얼굴을 돌렸다. 그런데 다치키 아저씨는 깊은 생각에 잠긴 얼굴로 사진을 들여다보고 있었다. 나는 아저씨가 다정한 눈빛으로 나를 바라보고 있을 줄 알았기 때문에, 뜻밖이라고 생각했다.

나는 다치키 아저씨와 사진 속의 아이들을 번갈아 보았다. 그러자 다치키 아저씨는 문득 생각에서 깨어난 듯 말했다.

"아, 미안."

나는 영문을 몰라 의아한 표정을 지었다. 다치키 아저씨는 내 얼굴을 보더니 어색하게 웃었다. 분위기가 약간 서먹해졌기 때문에, 나는 이야기를 다른 데로 돌리려고 침대 옆에 있는 책상을 보며 물었다.

"편지 쓰고 있었어요?"

"이거 말이니?"

다치키 아저씨는 대학 노트를 펼친 채로 집어 들었다. 몹시 위태로운 손놀림이었다.

공책에는 어려운 한자가 적혀 있었다.

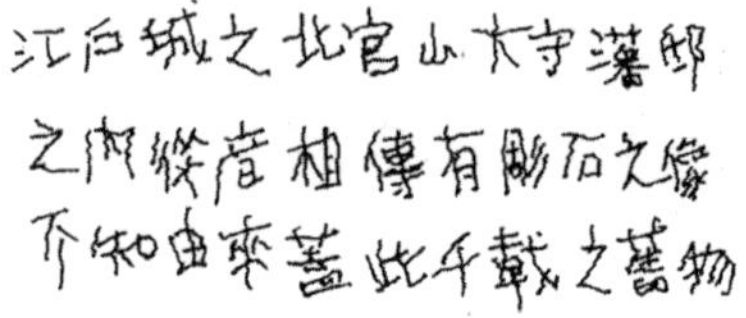

"치카한테는 어렵겠구나."

다치키 아저씨가 말했다.

"연못이 내려다보이는 병원 언덕에 비석이 있지? 거기에 새겨져 있는 한자야."

"글씨 연습 하세요?"

내가 물었다.

"그런 것도 있고. 이것 봐, 글씨가 모두 떨리고 있지? 아저씨 병은 근육의 힘이 약해지는 병이라서 연습을 해야 한단다. 하지만 이건 그거 때문이 아니라, 혹시 기억력이 나빠지지 않았나 시험해 본 거야. 세 번에 걸쳐 외운 다음에 돌아와서 써 봤더니 전부 기억이 나더구나."

다치키 아저씨가 웃었다.

"흐음."

나는 감탄했다. 슈퍼맨 같은 사람이라고 생각했다. 게다가 노력가인걸.

다치키 아저씨가 차를 끓여 주었다. 이번에도 손놀림이 몹시 위태로워서 중간에 내가 대신 끓였다.

"치카, 슈크림 좋아하니? 먹을래?"

다치키 아저씨는 찬장에서 슈크림을 꺼내 왔다.

"남자가 좀 별스럽지? 아저씨는 슈크림을 좋아한단다."

"후후."

나는 살짝 웃었다. 다치키 아저씨도 빙그레 웃었다.

한동안 둘이서 수다를 떨었다. 엄마 이야기, 내 병 이야기, 다무라 할아버지 이야기, 이 방과 우리 방 사이에 있는 문을 늘 열어 놓고 지냈다는 이야기 등.

오래 말하면 가슴이 답답해지니까, 30분 정도로 끝냈다.

내가 병실을 나올 때

"다음에는 아저씨 아이들 얘기를 듣고 싶어요."

하고 말했더니,

"좋아."

다치키 아저씨는 환한 얼굴로 대답했다.

저녁때 엄마한테 오늘 일을 얘기했다. 엄마는 다치키 아저씨에 대해서 내가 모르는 것을 알고 있었다.

"그분은 일본에서 유명한 유조선 설계자였대……."

나는 놀라기보다는 역시나 싶었다. 그러고는 줄곧 궁금했던 것을 큰맘 먹고 엄마한테 물어보았다.

"다치키 아저씨 병은 근육의 힘이 없어지는 병이야?"

엄마는 내 얼굴을 보지 않고 고개를 끄덕였다.

"그렇구나."

나는 되도록 태연한 얼굴로 말했다. 침묵이 싫은지 엄마가 말을 이었다.

"뭐라더라, 병 이름이 굉장히 어렵던데."

"죽는 거지!"

나는 느닷없이 엄마를 노려보며 말했다. 엄마는 허둥지둥 내 눈길을 피했다.

"그치, 맞지!"

"'언젠가'라는 의미에서는, 누구나 마찬가지겠지."

엄마가 가까스로 대답했다.

"그만 먹을래."

나는 쌀쌀맞게 엄마한테 식기를 내밀었다.

"아직 얼마 먹지도 않았잖아."

"됐어. 이제 그만 먹겠다니까. 엄마는 무조건 적당히 얼버무리려고만 하니까, 내가 엄마를 싫어하는 거야."

엄마는 또 시작이구나 하는 표정을 지었다. 하지만 엄마는 그 뒤로 아무 말도 하지 않았다.

그날 밤, 나는 좀처럼 잠이 오지 않았다.

"치카는 어머니와 단둘이 산다지?"

다치키 아저씨가 깊은 생각에 잠긴 듯 자기 아이들이 찍혀 있는 사진을 들여다보던 이유를 생각했다.

다치키 아저씨가 입원한 지 일주일 만에 부인이 병문안을 왔다. 이런 걸 병문안이라고 하면 좀 이상한가?

부인은 말투나 행동이 부드러운 사람으로, 병원 사람들과 우리한테 인사를 하고는 사흘 동안 머물면서 다치키 아저씨 주변의 자질구레한 일들을 척척 정리했다.

저렇게 일만 하고 있으면 다치키 아저씨가 외롭지 않을까 하고 생각했을 정도였다. 하지만 다치키 아저씨나 부인은 아무렇지도 않은 얼굴이었다.

부인이 돌아가고 나서 다치키 아저씨는 나한테 부인 이야기를 약간 들려주었다.

"그 사람 별난 사람이야. '물샘 가게'라는 곳에 호스를 사러 갔다가 값을 깎고 왔지 뭐야."

나는 처음에 그게 무슨 소린지 몰랐다. 나중에 다치키 아저씨가 '물이 새는 가게'라고 힌트를 주어서 겨우 알아들었다.

가게 이름이 '물샘 가게'니까, 그 가게에서 파는 호스는 다 물이 새는 것 아니냐며 값을 깎은 것이다.

다치키 아저씨 부인은 상당히 유머 있는 사람인가 보다.

"병원에서 처음으로 내 병명을 듣고 돌아오는 길에 우리는 우동집에서 우동을 먹었지. 그 사람, 우동 김에다 얼굴을 감추고 남몰래 울었단다."

다치키 아저씨는 담담하게 말을 이었다. 나는 아저씨의 얼굴을 가만히 바라보았다.

"치카는 꿈속에서 꿈을 꾼 적이 있니?"

다치키 아저씨가 물었다. 나는 고개를 저었다.

"치카, 나마하게라는 거 알지? 젊은 남자들이 귀신 가면을 쓰고 '우는 아이 없소?' 하고 소리치며 집집마다 돌아 다니는 동북 지방의 전통 놀이 말이야. '우는 아이 없소?'를 동북 지방 사투리로는 '우는 아이 업쑤?'라고 하지. 우리 애들은 그 말을 들으면 깔깔대고 웃는단다. 그러고는 자기들끼리 서로 '우는 아이 업쑤, 업쑤?' 하며 놀지. 어느 날 그게 꿈속에 나타난 거야. 그런데 집 안 풍경이 어쩐지 달라 보였어. 이상한데, 이상한데 하고 생각하다가 참, 이건 꿈이지, 곧 회진 시간인데, 그럼 또 의사 선생님과 간호사가 오겠구나 하고 생각하면서 눈을 떴더니 한밤중이었어."

다치키 아저씨의 이야기는 몹시 슬펐다. 나 같으면 곧바로 울음을 터뜨리거나 소리를 지르거나 엄마한테 마구 화풀이를 했을 텐데, 아저씨는 자기 안에 깊숙한 구멍을 파고 슬픔을 살며시 묻어 두고 있는 거다. 다치키 아저씨는 별것도 아닌 얘기를 툭툭 하고 있지만, 그 이야기를 들으면 아저씨는 참 진지하게 살고 있구나 하는 느낌을 받게 된다.

그 이야기를 들은 날 밤이 꽤 깊었을 무렵, 나는 다치키 아저씨네 병실에서 들리는 이야기 소리에 잠이 깼다.

"미안해요, 미안해요."

아저씨가 누군가에게 사과하고 있었다. 나는 귀를 쫑긋 세웠다.

"손으로 만지지 말고 그냥 나를 깨우지 그랬어요……."

간병인 나가타니가와 씨의 목소리 같았다.

"엉덩이 감각이 둔해져서 대변이 나오는 걸 모를 때가 있어요. 확인하려고 그만 손을 넣어 버렸나 봐요. 미안해요."

"이제 됐어요. 손에 묻힌 채 여기저기 더듬는 바람에 시트도 베개도 모두 더러워졌네요. 갈아야겠어요."

나는 어떤 일이 벌어졌는지 금방 알 수 있었다. 나는 마치 내가 똥을 싼 것처럼 몸이 굳어졌다. 나가타니가와 씨의 목소리는 부드러웠다. 나는 마음이 약간 놓였다. 어쩐지 나가타니가와 씨한테 미안한 마음이 들었다.

미안하다고 말하는 다치키 아저씨의 목소리가 드문드문 들려왔다. 나는 엄마를 물끄러미 바라보았다. 엄마는 구석의 간이 침대에서 곤히 자고 있었다.

나는 다시 다치키 아저씨의 병실 쪽을 보았다. 내 머릿속에는 수영복을 입은 아이들과 부인에게 둘러싸여 행복해 하는 다치키 아저씨의 모습이 떠올랐다. 나는 너무나 슬퍼져서 혼자 소리 죽여 울었다.

4

"이제 결심이 섰니?"

야마다 선생님과 오바시 선생님, 그리고 쟁반 선생님이 간호사 몇 명을 데리고 내 병실로 들어왔다.

"슬슬 검사를 시작해야지?"

오바시 선생님이 말했다.

"싫어!"

나는 소리쳤다.

"얘가 점점 버릇이 없어지네."

엄마가 미안하다고 사과했다.

"난 싫단 말야……."

나는 뒷말을 흐리며 말했다. 벌써 눈에 눈물이 고인다.

"그럼 지금까지의 수술이 헛수고가 되는 거야. 지금까지 잘 참아 왔잖니?"

안경 너머로 보이는 야마다 선생님의 눈은 소름끼치게 차가웠다. 내가 이 사람들을 싫어하는 이유는 언제나 정의의 편인 것처럼 말하면서 환자를 모르모트(실험용 쥐)처럼 다루기 때문이다. 아이들한테는 상냥한 척하면서 어른들한테는 묘하게 냉정하다. 다치키 아저씨가 옆 병실로 오고 나서 그 사실을 더 잘 알 수 있었다.

야마다 선생님은 다치키 아저씨한테,

"운명으로 받아들이세요. ××씨 같은 경우에는 방법이 없는 것도 아니지만, 다치키 씨의 병은 이렇다 할 치료 방법이 없습니다."

하고 말했고, 오바시 선생님은

"치료하지 않으면 5년밖에 살 수 없습니다. 곧바로 치료를 시작하겠지만 큰 기대는 할 수 없으니까, 입원해 있는 동안 일을 하시는 게 어떻겠습니까?"
하고 말했다.

어떻게 그런 말을 할 수 있는 걸까? 의사만큼 잔인한 인종은 없다고 생각한다.

다치키 아저씨가 알면 상처 받을까 봐 말하지 않았지만, 이 병원의 부장 선생님은 의사와 간호사들을 데리고 다치키 아저씨의 병실 앞에 와서,

"이 병실 환자의 병명은 진행성 근위축증입니다. 매우 희귀한 병이죠. 잘 봐 두세요. 나는 여지껏 몇 사람 보았지만, 여러분은 아마 평생 보기 힘들 거예요."
하고 지독한 말을 했다. 다치키 아저씨한테 하는 말을 들어 보면 그 사람의 인간성을 알 수 있다.

"틀림없이 나을 겁니다. 잘될 테니까 힘내세요."
하고 말하는 의사도 있다. 지독한 말을 하는 의사보다는 낫지만, 다치키 아저씨한테 그런 말을 하는 사람도 성실하지 않다고 생각한다.

내가 좋아하는 사람이라서 그런 건 아니지만, 나는 쟁반 선생님이 한 말이 제일 마음에 든다.

"밤잠은 잘 주무십니까? 쉽게 나을 병이 아니니까, 느긋하게 생각하세요."

내가 네 번째 수술은 절대로 받지 않겠다고 부득부득 우겼기 때문에, 의사 선생님들은 맥이 빠진 모양이었다.

"어머님, 꼭 설득해 주세요."
하고 엄마한테 책임을 떠맡겼다.

쟁반 선생님은 방을 나갈 때,

"다람쥐야, 너무 억지 부리면 안 돼."
하고 사자가 하품하듯이 말했다.

'바보.'

5

아저씨는 날이 갈수록 말투가 이상해졌다.

무거운 것을 질질 끄는 것처럼 말했기 때문에, 한마디를 하는 데도 시간이 꽤 걸렸다.

"이상해. 목욕을 하면 혀가 가벼워지거든. 나가타니가와 씨도 그 정도로 말할 수 있으면 크게 불편하지 않을 거라고 말하지만, 30분만 지나면 원래대로 돌아가 버리는 거야. 이상하지?"

다치키 아저씨가 말했다.

다치키 아저씨는 대학 노트에 자기 몸의 변화를 꼼꼼히 메모하고 있었다. 반년 전의 증세와 비교한 것을 보았다.

양팔의 힘과 손가락의 힘이 줄어든 것 같다. 화장실에서 바지를 올릴 수 없다.

- 힘들긴 했지만 비교적 수월하게 할 수 있었다.

호주머니에 있는 것을 꺼내기 어렵다.

- 쉽게 할 수 있었다.

오른쪽 다리가 자주 떨린다.

- 아주 피곤했을 때만.

오른쪽 발목에 힘이 없어 걸을 때 주의하지 않으면 넘어진다.

- 피곤했을 때.

소변을 본 뒤에 요도에 남아 있는 것이 말끔히 빠져나가지 않는다. 전부 빼내려고 힘을 주려고 해도 힘이 들어가지 않는다.

- 별로 두드러지지 않았다.

그런 식이었다. 병이 점점 심해지는구나 싶어서 나는 우울해졌다.

다치키 아저씨는 그 노트를 의사 선생님들에게 보여 주었다.

"아저씨는 속없는 사람이야."

하고 내가 말한 적이 있다.

"왜?"

다치키 아저씨가 물었다.

"여기서 우리는 모르모트인걸."

"여기는 대학 병원이니까."

다치키 아저씨가 아무렇지도 않게 말하는 바람에, 나는 그만 할 말이 없었다. 다치키 아저씨는 중병에 걸렸는데도 아주 명랑했기 때문에, 나는 어리둥절할 때가 많았다.

어제는 이런 일이 있었다.

"치카, 치카. 재미있는 거 보여 줄게."

다치키 아저씨의 목소리가 들렸다.

그 무렵에는 다무라 할아버지가 입원하고 계실 때처럼 낮에는 문을 항상 열어 두고 지냈다. 그래서 언제든지 마음대로 수다를 떨 수 있었다.

내가 다치키 아저씨의 방으로 갔더니, 나가타니가와 씨가 웃옷을 벗고 있는 다치키 아저씨의 몸을 닦아 주고 있었다.

"아이, 몰라."

나는 얼굴을 돌리며 말했다.

"미안, 미안. 치카는 숙녀였지. 하지만 이것 좀 봐!"

다치키 아저씨가 뭔가 재미있는 일이라도 있는 것처럼 자기 등을 가리켰기 때문에, 나도 무심코 그쪽을 보았다.

나가타니가와 씨가 쿡쿡 웃었다.

다치키 아저씨의 등에 굵고 새까만 털이 자라고 있었다.

"뭐예요, 이거?"

나는 기분 나쁜 듯이 물었다.

"이상하지? 주사를 이것저것 맞아서 호르몬의 균형이 깨진 걸까? 원래 털이 없던 곳에 털이 나는 거야. 나중에는 고릴라나 설인처럼 온몸에 털이 날지도 몰라."

"아이, 싫어!"

나는 큰 소리로 말했다.

다치키 아저씨의 영향을 받아서인지, 나는 요즘 약간 명랑해진 것 같다. 내 병은 물론이고 아저씨의 병을 생각하면 당연히 우울해지지만, 깜깜한 동굴 속에서 훌쩍거리기만 하는 게 아니라 양지바른 곳에서 놀고 올 줄도 알게 된 듯한 느낌……. 엄마한테 심술을 부릴 때도 혹시 아저씨가 들으면 어쩌나 조마조마하다.

엄마를 괴롭히는 일도 조금 줄었다.

6

포도를 선물받아서 다치키 아저씨한테 나눠 주려고 갔더니, 아저씨는 뭔가를 열심히 적고 있었다.

"편지란다."

다치키 아저씨가 말했다.

"한 줄만 더 쓰면 돼. 괜찮니?"

하고 말했기 때문에, 나는

"네."

하고 대답했다.

한 줄을 적는 데 무려 10분이나 걸렸다. 한 손으로는 힘이 모자라는지 두 손으로 연필을 쥐고는 꾹꾹 누르듯이 쓰고 있었다.

"읽어 줄까?"

아저씨가 물었기 때문에, 나는 이번에도

"네."

하고 대답했다.

요코야, 지난번에 짐이랑 함께 네가 보내 준 그림은 정말 잘 그

렸더구나. 아와지 섬, 저녁노을, 배, 물고기, 둑, 바다, 하늘의 구름, 천문 과학관. 아빠는 이 그림을 보고 마이코로 돌아간 듯한 느낌이 들었단다.

우리 또 다 같이 산책 가자꾸나. 감기 걸리지 않도록 조심하고, 책 많이 읽어라.

나는 튜브를 들고 사진을 찍은 시원한 눈매의 여자아이를 떠올렸다.

다치키 아저씨는 그 여자아이가 그린 그림을 꺼내서 들고 왔다.

"아이들은 참 재미있어. 이것 좀 봐, 종이 뒤편에다 '진짜 노을은 이 종이보다 두 배나 컸어요.' 하고 적어 놨잖아."

다치키 아저씨는 그게 무척 흐뭇한지 얼굴 가득 웃음을 띠고 말했다.

"이 애는 그림 그리는 건 좋아하고 글 쓰는 건 싫어하는데, 어떤 일을 계기로 나한테 편지를 자주 써 보내게 됐단다. 그 애 유치원 운동회 때였지. 내 몸으로 두 시간이나 서서 운동회를 지켜보는 건 굉장히 힘든 일이었어. 운동회가 끝나고 다들 집으로 돌아가기 시작했지. 요코의 친구 중에 도모라는 아이가 있는데, 그 아이는 자가용을 타고 돌아갔단다. 항상 고급스러운 옷을 입고 있어서 눈에 띄는 아이였어. 그런데 갑자기 요코가 당장 아카시로 가자는 거야. 그 아이의 집이 아카시였거든. 그 아이처럼 차를 타고 싶었던 걸까. 아니면 아카시에는 고급 옷집이 있으니까 그 옷을 사 줄지도 모른다고 생각했던 걸까. 요코는 그때 무슨 생각을 했을까? 이상해, 아이들이란. 치카도 아이지만……. 그래서 아카시 역에 내려서 바다 쪽으로 걸어갔단다. 항구 근처에 빨간 다리가 있는데, 나는 그 다리를 끝까지 건널 수 없었지. 정말 2, 3센티미터씩밖에 걸을 수가 없더라구. 요코가 내 손을 너무 꽉 쥐기에 문득 그 애 얼굴을 봤더니, 눈물을 글썽이며 내 얼굴을 걱정스레 바라보고 있었어. 참고 있었던 거야. 자기가 고집을 부려서 생긴 일이라고 생각하니까, 마음대로 울지도 못한 거지. 그 때부터 요코는 나한테 편지를 써 보내게 되었단다."

나는 요코가 그린 저녁노을 그림을 무릎 위에 놓고 언제까지나, 언제까지나 바라보았다.

7

며칠 뒤, 다치키 아저씨가 법문경 31번 교실에서 쓰지 히사코의 바이올린 연주회가 열리는데 함께 가지 않겠냐고 물었다. 나는 물론 가겠다고 말했지만, 엄마는 내 몸을 걱정했다. 조금이라도 몸이 이상하다 싶으면 곧장 돌아오겠다고 약속하고 겨우 허락을 얻었다. 다치키 아저씨는 나가타니가와 씨와 함께 가고, 나는 엄마와 함께 가기로 했다.

택시가 내과 현관 앞에 닿았다. 연주회장은 코앞에 있었지만, 하는 수 없었다.

운전수 아저씨가 액셀러레이터를 밟아 속력을 내자, 다치키 아저씨의 머리가 뒤로 휙 젖혀졌다. 나가타니가와 씨가 깜짝 놀라 다치키 아저씨의 뒤통수를 손으로 받쳤다.

속도를 내거나 줄일 때마다 다치키 아저씨의 머리가 덜컥덜컥 흔들렸다. 다치키 아저씨는 왼손으로 턱을 받쳐서 어떻게든 버텨 보려고 했지만, 별 소용이 없었다.

"여기에 머리를 대세요."

나는 내 팔을 내밀며 말했다.

다치키 아저씨가 고맙다고 말하며 내 팔에 머리를 대자, 나는 어쩐지 큰 아기를 안은 것 같았다. 아저씨의 냄새가 후욱 풍겼다.

엄마의 걱정은 빗나갔다. 나는 연주회를 끝까지 들을 수 있었다. 쓰지 히사코 씨는 앙코르 곡을 포함해서 모두 아홉 곡을 연주했는데, 나는 비제의 〈카르멘 환상곡〉이라는 즉흥곡이 좋았다. 나는 연주회 내내 다치키 아저씨의 손을 꼭 쥐고 있었다.

연주회가 끝난 뒤 다치키 아저씨는 몸을 가늘게 떨고 있었다. 몸이 안 좋아서 그런 게 아니라, 다치키 아저씨의 마음이 떨리고 있기 때문이라는 걸 나는 알 수 있었다.

"고마워, 정말 고마워."

다치키 아저씨는 내 손을 꼬옥 쥐면서 말했다. 다치키 아저씨의 눈에 눈물이 조금 배었다.

다치키 아저씨한테 잇달아 좋은 일이 생겼다. 다치키 아저씨의 딸 요코가 쓴 시가 글짓기 대회에서 상을 받아 신문에 큼직하게 실린 거다.

제비역(1학년 다치키 요코)

제비가 머무는 곳은
모두 제비역입니다

다치키 아저씨는 그 시를 몇 번이나, 몇 번이나 노트에 옮겨 적었다. 나는 다치키 아저씨한테 축하한다고 말해 주었다.

8

오후 여섯 시쯤이었다.

내가 저녁밥을 먹고 있는데, 다치키 아저씨의 병실에서

"흐어억!"

하고 말할 수 없이 기분 나쁜 소리가 들리더니,

"누가 좀 와 주세요!"

하고 나가타니가와 씨가 비명을 질렀다.

엄마가 낯빛이 변해서 달려갔다. 나도 침대에서 내려오기가 무섭게 다치키 아저씨의 방으로 뛰어들었다. 그러고는 다치키 아저씨를 보고 흠칫했다.

눈동자가 위쪽으로 올라가 있었다. 눈이 뒤집혀서 흰자위뿐이었다. 입술이 새파랗고 얼굴 전체가 검푸른빛이었다. 나가타니가와 씨는 쓰러지려는 아저씨의 몸을 왼손으로 떠받치고, 오른손으로 아저씨의 등을 탁탁 두드리고 있었다.

"음식이 목에 걸렸어요…… 이 사람은 근육의 힘이 없기 때문에…… 스스로 토할 수 없어요…… 이대로 두면 죽어요…… 빨리…… 의사 선생님을 불러 와요…… 흡착기를 가지고……."

나가타니가와 씨는 엄마한테 열심히 설명하고 있었다. 나는 다리가 후들거렸다.

다치키 아저씨의 눈이 움직였다. 하지만 흰자위뿐이라서 더 무서웠다. 나는 나가타니가와 씨와 같이 다치키 아저씨의 등을 두드렸다.

'죽으면 안 돼요. 죽으면 안 돼요.'

내 눈에서 눈물이 펑펑 쏟아졌다.

쟁반 선생님이 뛰어 들어온 순간, 나가타니가와 씨가 등을 두드린 충격으로 음식물 덩어리가 끈끈한 점액과 함께 튀어나왔다. 다치키 아저씨는 침대의 머리 받침대에 힘없이 이마를 댔다. 쟁반 선생님은 굳은 표정으로 다치키 아저씨의 오른쪽 손목을 잡았다.

"맥박 96."

나가타니가와 씨의 표정이 약간 부드러워졌다.

"치아노제(호흡 곤란으로 혈액 속의 산소가 줄어들어 피부가 파랗게 보이는 증세)가 나타났어요. 하마터면 큰일 날 뻔했어요."

쟁반 선생님이 말했다.

나는 다치키 아저씨의 손을 잡고 하염없이 울었다. 쟁반 선생님이 그런 내 얼굴을 겨드랑이에 끼고 꼭 안아 주었다.

10분쯤이 지난 뒤였다.

"치카, 고마웠어."

아직은 아주 가냘픈 목소리였지만, 다치키 아저씨는 띄엄띄엄 나에게 말했다. 나는 고개를 끄덕였다.

"요코의…… 시가……."

다치키 아저씨는 말하는 것이 괴로운 모양이었다. 나가타니가와 씨가 말하지 말고 잠깐 쉬라고 했지만, 다치키 아저씨는 느릿느릿 고개를 저었다.

"요코의…… 시가…… 나를 구해 준…… 것 같…… 아."

나는 다치키 아저씨의 눈을 가만히 보았다.

"제비가…… 머무는…… 곳은…… 모두…… 제비역입니다."

다치키 아저씨는 혼잣말처럼 말했다.

"치카…… 정말…… 그래…… 머무는 곳은…… 앞으로 나아가기 위한 역이야…… 치카도, 아저씨도…… 그렇게 생각하고 힘내자……."

다치키 아저씨는 조용히 눈을 감았다. 나는 아저씨의 감긴 눈꺼풀에서 흐르는 한 줄기 눈물을 보았다.

나는 아침 햇살을 받으며 눈을 떴다.

세수를 하고 심호흡을 하고 나서 엄마한테 말했다.

"쟁반 선생님을 불러 줘."

엄마는 물론 내가 제멋대로 군다고 나무랐다.

"얼른 불러오라니까!"

엄마는 하는 수 없이 쟁반 선생님을 부르러 갔다.

"뭐야, 이거 정말……."

쟁반 선생님이 눈을 끔벅이며 방으로 들어왔다.

"나, 쟁반 선생님이랑 결혼할 거야. 그렇게 마음먹었어."

"뭐? 좀 더 크면."

"당연하죠."

"그러려면 병이 멀쩡하게 나아야 되는데?"

쟁반 선생님은 관서 지방 사투리로 말했다.

나는 쟁반 선생님의 눈을 똑바로 바라보며 고개를 끄덕였다. 쟁반 선생님의 눈이 웃고 있었다.

"결혼 비용을 모아야겠군. 경마하러 가야지."

쟁반 선생님은 이렇게 중얼거리면서 방을 나갔다.

언제부터 검사가 시작될까, 하고 나는 생각했다.

《나 이제 외톨이와 안녕할지 몰라요》(사계절, 2002)

하이타니 겐지로灰谷健次郎

일본 고베시에서 태어났습니다. 여러 직업을 전전하다 교사가 되어 17년 동안 열심히 아이들을 가르쳤습니다. 교사를 그만둔 뒤, 아이들의 순수한 생명력과 사랑을 중심으로 하는 따뜻한 소설을 써 많은 사람들에게 감동과 희망을 주는 작가가 되었습니다. 작품으로는 〈나는 선생님이 좋아요〉, 〈태양의 아이〉, 〈우리 집 가출쟁이〉 등이 있습니다.

:: 내용 되새기기

1 치카는 왜 수술을 거부하고 있었나요?

2 다무라 할머니는 할아버지가 말을 알아듣지 못해도 마음을 다해 말을 겁니다. 그 이유는 무엇일까요?

3 다치키 아저씨의 병명은 무엇이며, 그는 병을 조금이라도 이기려고 어떤 노력을 하였나요?

4 다치키 아저씨의 딸 요코는 어떤 계기로 아버지에게 편지를 자주 쓰게 되었나요?

:: 생각 넓히기

1 주인공 치카는 왜 엄마의 마음에 상처를 주는 말과 행동을 했을까요?

2 '제비가 머무는 곳은 모두 제비역입니다'란 말은 어떤 뜻을 가지고 있는 것일까요?

3 치카는 왜 수술을 받기로 결심하게 되나요?

국어시간에 소설읽기 2

1판 1쇄 발행일 2001년 7월 27일
개정판 1쇄 발행일 2012년 4월 9일
2판 1쇄 발행일 2020년 3월 9일
2판 6쇄 발행일 2024년 1월 29일

엮은이 전국국어교사모임

발행인 김학원
발행처 (주)휴머니스트출판그룹
출판등록 제313-2007-000007호(2007년 1월 5일)
주소 (03991) 서울시 마포구 동교로23길 76(연남동)
전화 02-335-4422 **팩스** 02-334-3427
저자·독자 서비스 humanist@humanistbooks.com
홈페이지 www.humanistbooks.com
유튜브 youtube.com/user/humanistma **포스트** post.naver.com/hmcv
페이스북 facebook.com/hmcv2001 **인스타그램** @humanist_insta

편집책임 문성환 **편집** 윤무재 **디자인** 김태형 김수연 **일러스트** 이시진
용지 화인페이퍼 **인쇄** 청아디앤피 **제본** 민성사

ⓒ 전국국어교사모임, 2020

ISBN 979-11-6080-338-9 44810
979-11-6080-336-5 (세트)

• 이 책은 저작권법에 따라 보호받는 저작물이므로 무단 전재와 무단 복제를 금합니다.
• 이 책의 전부 또는 일부를 이용하려면 반드시 저자와 (주)휴머니스트출판그룹의 동의를 받아야 합니다.